李娟 著

走夜路请放声唱

Sing Out Loud
While Walking
at Night

新经典文化股份有限公司
www.readinglife.com
出 品

新 版 自 序

这本书出版十三年，印刷到了第四版。这次重读了前三版的三个自序，看到了自己十三年来的一些变化，看到十三年间的纠结、不甘和嘴硬。好在十三年后，一切又回到第一版的情绪里：不管怎么样，还是觉得自己写得蛮不错嘛……

之前的序里说过，这些文字大都是发表在社交号上的，显得过于随意。其实这些年来一直在写此类文字，不知为什么，却再也没有结集出版的勇气了。文字也越来越破碎散乱，情绪大于内容。不敢细究这种变化的前因后果。但有一点和十三年前还是一样的——书写、表达仍然是自己依赖最多的生活内容；如何写，写什么，也是日常最多的思考。

我接受年龄带来的创作上的变化。同时警惕得更多。

总的来说，自己还算得上是个靠谱的写作者吧。

此版的内容没有任何变化，就换了封面和内文版式。封面很漂亮醒目。是大面积蓝和梦游般的白马。明明是白昼的风景，但却有强烈的暗夜气息。我在某篇文字里写过："（某个情景）像是梦境里的白天"——可能就是这种感觉。走夜路放声歌唱，可能歌声打开的就是这样的世界。我好喜欢文字创作这个职业，世间诸多美景，相机都无法复原的，歌声却可以，文字也可以。

谢谢十三年来的所有读者以及十三年后即将相遇的读者。

2024 年 9 月 25 日

目录 CONTENTS

上篇 时间碎片

二〇〇九年的冬天　　3
全世界的人都知道我丢了　　10
我妈说　　16
踢毽子的事　　19
摩羯座小贝　　22
李娟所在的星球　　25
到哈萨克斯坦去　　30
乡村话题　　39
扫帚的正确使用方法　　42
户口和暂住证的事　　45

我饲养的老鼠	54
访客	56
邻居	58
没有死的鱼	62
外婆信佛	65
排练大合唱	72
卖猪肉的女儿	75
植树	80
十个碎片	84

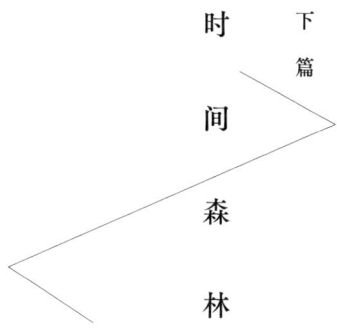

下篇 时间森林

我梦想像杰瑞那样生活	111
菟丝花	113
夏天是人的房子，冬天是熊的房子	115
超市梦想·超市精灵	118
在网络里静静地做一件事情	124
十八岁永不再来	127
走夜路请放声歌唱	129
最坚强的时刻在梦里	133
晚餐	137
报应	152

回家	1 7 3
童话森林	1 7 8
梦里与人生里	1 8 3
最渴望的事	1 8 6
深夜来的人	1 9 0
小学坡	1 9 8
冰天雪地中的电话亭	2 0 8

附录

二〇一五版自序	2 2 7
二〇一三版自序	2 3 0
初版自序	2 3 3

夜 行 的 人 啊
黑 暗 中

你们 一 遍 又 一 遍 地
经 过 了 些 什 么 呢

村子安安静静

被风雪重重封堵

整 个 世 界

无 限 耐 心 地 白 着

一 棵 树

把大地稳稳地
镇在蓝天之下

雪盖住了食物

茫茫白下四

时 间 在 我 们 身 上 来 回 涤 荡

一 层 一 层 揭 开 了 什 么

雪越下越大
永远也不会有一行脚印
通向你的睡眠

上　　篇

时　间　碎　片

时 间 是 我 们 找 到 的

最 最 合 适 的 容 器

收 容 我 们 全 部 的

庞 大 往 事

二〇〇九年的冬天

前两天和朋友谈到窖冬菜的事,不由得想起了前年冬天的萝卜。

前年入冬前,我继父突然来到我家里(他和我妈平时分开生活的,一个在县城里,一个在乡下),扛来了一大袋萝卜。他说:"娟啊,得把它埋了,不然坏得快。"

我家没地窖。要窖冬菜,得在后院菜园里挖坑埋了。泥土深处的温度不高不低,较适合保存蔬菜之类的食物。

我说行啊。他就扛去埋了。全程我都没有参与。

他回来告诉我,埋到了茄子地边上靠近黄瓜的地方。

接下来没几天,他就中风了。

偏瘫,不能说话,不能自理,只能微微活动左手,只能不停地哭泣。

我逗他:"那你总得告诉我萝卜埋哪儿了啊?"

他啊啊喔喔半天。

我说:"你好歹给指一下啊?"

他往东指,又往北指,又往下指。

我给他纸笔:"你好歹画个示意图啊?"

他左手颤巍巍捏笔,先画个圈,又画个圈。我笑了,他也笑了。

那时,无论茄子还是黄瓜都无影无踪了,连枯败的作物株秆也被隔壁两只无恶不作的小山羊细致啃净。没剩一点线索。加之很快又下了几场雪,后院平整光溜,连个微微凸起的包都没有。

我一有空就扛着锹去后院刨萝卜。然而谈何容易!地面已经上冻,硬邦邦。每挖开一小片冻土,得躲回屋休息两到三遍。太冷了。

我估摸着茄子黄瓜的位置,以一个圆点为中心,向四面拓展了足足两米半径的辐射。萝卜们绝对地遁了。

渐渐地进入隆冬,实在没菜吃了。连咸菜也吃完了。连我妈的纺锤也吃了。

我妈的纺锤是一根长筷子插在一个土豆上。羊毛纺完以后,纺锤一直扔在床下面。四个月之后,瘪得跟核桃似的。

非但没死，还四面发芽了。在一个寂静寒冷的深夜里，我想起了它，找到了它，为它的精神所感动，并残忍地吃掉了它。

据说发芽的土豆有毒，可我一直好好地活到现在。大约因为毒的剂量太小了吧。一颗瘪土豆切丝炒出来的菜，盛出来一小撮刚盖住碗底。

家里还有一些芡粉，我搅成糊，用平底锅摊成水晶片，凉透后切成条，再当作粉条回锅炒。

土粉条也很快吃完了。

好在还有四个蒜！我揉了面团，在水里洗出面筋。面汤沉淀了用铁盘子蒸成凉皮。切成条浇上酱油醋辣椒酱，再把珍贵的蒜——这个冬天唯一的植物气息——剁碎了拌进去……四颗蒜共有六十瓣蒜粒，于是吃了六十份凉皮。慰藉了我整整两个月啊！

这样，只吃凉皮，就吃掉了十几公斤面粉。

当蒜也吃完的时候，还有剁椒酱。这是我家最最富裕的库存！头一年秋天我做了二十公斤！

但天天吃辣椒酱也不是个事啊，吃得脸上都长出"辣椒"两个字了。

最惨的是，随着天气越来越冷，鸡也不下蛋了。虽然鸭子还在下蛋，但鸭蛋是小狗赛虎和两位猫咪的口粮，我不好意思和它们争嘴。

于是继续刨萝卜。

雪越下越大,后院积了一米多厚。风一刮,后门处便堵得结结实实,我好容易才掏了一条仅容侧身而过的一线天小道通向厕所。那样的小道,我妈那种体型绝对过不去。

我试着再挖一条一线天通向菜地。但……谈何容易!

最可恨的是赛虎,从来不肯帮忙。按说,这会儿报答我的时候也到了。亏它夏天闲得没事干,天天挖耗子洞挖得废寝忘食,怎么喊都不回家。这会儿,挖个萝卜都不好商量。

那个冬天只有我一人在家,我妈带着继父四处奔波、治疗。中间她只回来一次,帮我把煤从雪堆里刨出来并全挪进了室内。然后又走了。

我妈自然过得比我辛苦多了。但她千不该万不该,不该在离开之前突发脾气砸了电视机。没有吃的已经悲摧,没有娱乐则更……

偏那个冬天又奇长,整整五个月冰天雪地!

整个村子安安静静,被风雪重重封堵。挖掘机刚把公路挖开,没几天又给堵死了。没有新鲜食物,没有访客,没有外界的丝毫音讯。

我开始看我叔叔的《圣经》。这是家里唯一没看过的书。看到第二遍时,被迫把耶稣的家谱摸得一清二楚。

开始织毛衣。我家毛线多的是。

开始染旧衣服。我家染料几大箱。

开始……再没啥可开始的了。看书、织毛衣、染衣服、铲雪、做饭、喂鸡喂鸭喂兔子喂猫喂狗、生炉子、砸煤、睡觉、写字。一共十项内容，填充了那个冬天的全部生活。五个月啊……

其他还好说，没有吃的这个现实最难挨。家里所有能入口的东西如下：面粉、大米、葵花籽油、辣椒酱以及最初的鸡蛋、咸菜、大蒜和纺锤。对了，还有瓜子，我家头一年种了几百亩葵花。那个冬天我嗑瓜子嗑得嘴角都皴了。

好在虽然物质不丰富，面粉大米等基本口粮还算充分。至少没断粮。那段时间困在村子里，没法出门采购。万一断了粮，我就只好以嗑瓜子为生了！那时，恐怕不只嘴角，扁桃体都会皴的！

这么一想，又觉得幸好没电视！否则一旦出现盛宴画面，那种摧残……

无论如何，最后冬天还是过去了。一切还算平安，只是化雪的时候比较忙乱。尤其初春最热的那几天，门前波涛滚滚，似乎整个阿克哈拉村的融雪全都往这边流。我每天围追堵截，投入激烈的战斗。那时我最大的梦想是能拥有一双雨靴。

显然,光凭围追堵截是远远不行的。我开始大修水利工程,挖了一条沟,指望能够把院子里的积水(墙根处的水半尺深)引到院外。结果失算了,反而把院子外的水全引到了院内(墙根水变成一尺深……)。

为此大狗豆豆对我恨之入骨。我把它的狗窝淹了。于是,它每天拼命挠我的门,我一开条缝就硬挤进来过夜。

不由得非常佩服李冰父子,人家没有水平仪,也能修出都江堰。

化雪时正是清理积雪的最好时机。我觉得当务之急,应该先挖出我妈的摩托车。要不然湿雪一浸,车非废了不可。于是花了半天工夫在雪堆里掏啊掏啊……挖出来的摩托车倒是锃光瓦亮,一点儿也没锈。但我妈回来后也没表扬我。因为车的后视镜、仪表盘和车轮旁边的护板全被我的铁锹砸碎了。

那时公路也通畅了,阿克哈拉村的小店里也开始出现蔬菜。

总之冬天还是过去了。只是继父的病情一直没有好转(直到现在仍没有好转……),我妈最后把他又带回了阿克哈拉村,天气好的时候,他就软趴趴地坐在门口晒太阳。

对了,一开始说的是萝卜的事。萝卜消失了一个冬天。

似乎它们冷得不行了的时候，就纷纷往地底深处钻。等暖和了，又开始往回钻。五月，雪全化完了，我平整土地，播撒种子。挖至一处——我发誓正是我整个冬天上下求索的地方！——一锹铲断一根萝卜。再一锹，又断了一根……已经融成萝卜糨糊了。我只好搅一搅，拍一拍，将萝卜酱和泥土充分混合，成为最好的肥料。

我回到房子，再问继父："萝卜呢？"

他依旧啊啊啊，说了许多。

我又问："你是不是说发芽了？"

这回，他发音标准地大声来了一句："莫有！"

2011 年

全世界的人都知道我丢了

我三岁那年，一天傍晚妈妈从地里干完活回家，发现我不在了。她屋前屋后四处寻找，敲遍了所有邻居家的门，都没找到我。后来邻居也帮着一起找，翻遍了连队（我们当时生活在兵团）的角角落落。后来有人怀疑：莫不是我独自一人进了野地？又有人严肃地叹息，提到最近闹狼灾，某团某连一夜之间被咬死了多少多少牲畜……我妈慌乱恐惧，哭喊着去找领导。她捶胸顿足，哭天抢地，引起了连长和指导员的高度重视。于是连队的大喇叭开始反复广播，说李辉的女儿不见了，有知情者速来办公室报告云云。还发动大家一起去找。几乎连里的每一个人听到广播后都放下碗筷，拿起手电筒出了家门。夜色里到处灯影晃动。连队还派出了两辆拖拉机，各拉了十来个人朝着茫茫戈壁滩的两个方向开去。呼唤我的声音传遍了荒野。

半夜里，大家疲惫地各自回家。没有人能安慰得了我妈，她痛苦又绝望。妇女们扶着她回到家里，劝她休息，并帮她拉开床上的被子。这时，所有眼睛猛然看到了我。我正蜷在被子下睡得香甜又踏实。

我二十岁时，去乌鲁木齐打工。一次外出办事，忘了带传呼机，碰巧那天我妈来乌市提货，呼了我二十多遍都没回音。她不禁胡思乱想，心慌意乱地守着招待所的公用电话。这时有人煽风点火，说现在出门打工的女孩子最容易被拐卖了，比小孩还容易上当受骗。我妈更是心乱如麻，并想到了报警。幸亏给招待所的服务员劝住了。大家建议说再等一等，并纷纷帮她出主意，更是令她坐立不安。又不停地打电话给所有亲戚，发动大家联系乌市的熟人，看有没有人了解我最近的动向。然后又想法子查到我的一些朋友的电话，向他们哭诉，请求大家若是联系到我的话一定通知她。于是乎，我的所有亲戚和朋友一时间都知道这件事了，并帮忙进一步扩散，议论得沸沸扬扬。说我莫名消失，不理我妈，要么出事了，要么另有隐情……

我妈一整天哭个不停，在招待所里逢人就形容我的模样。告诉他们我叫什么，我是干什么的，来乌市多久了，现在肯定出了意外,如果大家以后能遇到这个女孩,一定想办法帮助她……大家一边安慰她,一边暗自庆幸自家女儿懂事听话,从来没有发生过跑丢了这样的事情。

除了没完没了地打电话和向人哭诉外,我妈还跑到附近的打印店,想做几百份寻人启事。幸亏一时没有我的照片,只好作罢。否则的话我就更出名了。

而这些事,统统发生在一天之中。很快我办完事回家,看到二十多条留言时吓了一大跳,赶紧打的跑去那家招待所。一进大院,一眼看到她茫然失措地站在客房大门前,空虚又无助。我叫了一声"妈",她猛一抬头,号啕大哭起来,一边快步向我走来,一边指着我,想骂什么,又骂不出来。但哭得更凶了,好像心里有无限的委屈。

直到很多年后,我有事再去那家招待所(那相当于我们县的办事处),里面的工作人员还能记得住我,还会对我说:"那一年,你妈找不到你了,可急坏了……"并掉头对旁边的人津津有味地详诉始末。

这些年,我差不多一直独自在外。虽然和我妈联系得不算密切,但只要有一次联系得不通畅,她会生很大的气,不停地问:"刚才为什么不接电话?为什么关机?"而我不接电话或关机肯定不是故意的,老被这么质问的话,我也会生气。

然而，有时给她打电话，若遇到她不接电话，她关机的时候，也会不由自主地着急。并在电话打通的时候也会生气地连连质问为什么、为什么、为什么。

联系不到她时，我也会胡思乱想。但永远不会像她那样兴师动众，绝倒一大片。这些年来，她坚决不肯改变，仍然是只要一时半会儿联系不到我，就翻了锅似的骚扰我的朋友们。向他们寻求帮助，并神经质地向他们反复展诉自己的推理及最坏的可能性。大家放下电话总会叹息："李娟怎么老这样？"于是乎，我就落下个神出鬼没、绝情寡义的好名声。

而我妈则练就了一个查电话号码的好本领。无论是谁，只要知道了其工作单位和姓名，茫茫人海里，没有她逮不出来的。

如今我已三十岁，早就不是小孩子或小姑娘了，但还是没能摆脱这样的命运。

这段时间妈妈在乌市照顾生病的继父，我独自一人在家。一天睡午觉，把手机调成了静音。于是那天她一连拨了三遍我都不知道。于是她老人家又习惯性地六神无主，立刻拨打邻居一位阿姨的电话，请她帮忙看一看我在不在家。那位阿姨正在地里干农活，于是飞快地跑到我家查看端倪。由于怕我家的狗，只是远远看了一下，见我家大门没有挂锁，就去向我妈报告说我应该在家，因为门没关。

可我妈把"门没关"误会成了大门敞开了，立时大惧。心想：我独自在家时一般都反扣着院门的，怎么会大打而开呢？于是乎，又一轮动员大会在我的左邻右舍间火热展开了。她不停地给这个打电话，给那个打电话，哀求大家四处去找我。说肯定有坏人进我家了，要不然大门为啥没关呢？还说就我一个人在家，住的地方又偏又荒，多可怕啊。又说打了三遍电话都没接，肯定有问题……很快，一传十，十传百，全村的人都知道我一个人在家出事了。

小地方的人都是好心人，于是村民们扛着铁锹（怕我家狗）一个接一个陆续往我家赶。大力敲门，大呼小叫。把我叫出门后，又异口同声责问我为什么不接我妈的电话，为什么整天敞着门不关……于是这一天里，我家的狗叫个不停，我也不停地跑进跑出，无数遍地对来人解释为什么为什么，并无数遍地道歉和致谢。唉，午觉也没睡成。

可是，她老人家怎么忘了咱家还有座机？既然手机打不通，为啥不试试座机呢？再说，我家养的狗这么凶，谁敢乱闯我家？……

有这样一个没有安全感的母亲，被她的神经质撼摇了一辈子心意。我觉得自己多多少少肯定也受了些影响。说不定早在不知不觉间，也成了一个同样没有安全感的偏执型人格障碍病患。真倒霉……弄得丁点大的小意外都忍不住浮想联翩，绵延千里，直到形成重大事故为止。太可怕了。

她没有安全感，随时都在担心我的安危，是不是其实一直在为失去我而作准备？她知道总有一天会失去我的。她一生都心怀这样的恐惧而活着。并且这悲伤和痛苦不停地积累，日渐沉重。每当她承受不了时，便借由一点点偶然的际遇而全面爆发出来。她发泄似的面向全世界的人跺脚哭诉，让全世界的人都知道我丢了。因为她的痛苦和不安如此强烈巨大，非得全世界的人一起来分担不可。她是最任性的母亲，又是最无奈的母亲。

2010 年

我 妈 说

一天晚饭时,我妈突然郑重地说:"今天离上海世博会开幕还有两百一十二天。"

我很吃惊:"哟,没想到您居然也开始关心国家大事了!连我都不晓得离世博会还有多少天。"

她傲慢道:"你知道个屁,整天尽搞些歪门邪道。"

所谓"歪门邪道",是指写作。之前她一直怂恿我和她合伙买台弹花机,做弹羊毛、弹棉花的生意。

过了一会儿,她又问:"'世博会'是什么意思?"

我嗤笑之:"还关心国家大事呢,连这都不知道。不就是'世界博览会'嘛。"

"博览会上都有些啥?"

"啥都有。"

她沉思了一会儿:"那有没有袜子鞋子?"

我大冷:"不知道……不过可能会有智能机器人吧。"

她便非常失望:"那么,也不搞小商品批发?"

我劝慰道:"那种地方的摊位费想必很贵的。咱家杂货店那点货,我看就在咱村里卖卖得了。"

她生气地说:"现在到处都在宣传世博会,说那是全国人民的大喜事。结果到头来也没俺的啥事,俺的鞋子袜子积压了好多年都卖不掉。世博会也不管管。"

又一天,我妈突然深沉地说道:"牛顿是伟大的物理学家。"

我说:"哟,这您也知道?"

妈妈不屑地说:"可笑!这有啥不知道的?数学家最有名的不就是陈景润嘛!"

我忍不住夸赞:"不错不错。"

接着她更加淡然道:"化学家是成吉思汗。"

我新买了一条裙子,我妈说:"难看!"

我不服气:"怎么难看了?"

她撇撇嘴:"孙悟空才会穿这种玩意儿。"

我兴致勃勃给我妈做帽子,缝纫机踩得啪啪作响,同时唠唠叨叨吹嘘个没完:"等着吧!待会儿帽子做好后,当你看到它的那一瞬间,顿时老泪纵横……从此后,只要一想起来就会哭个不停,泪如洪湖水,浪打浪……白天想起来白天哭,晚上想起来晚上哭。日日夜夜,永无止境……哎呀,妈!你为什么这么感动呢?你说你为什么哭成那样呢?"

她端着鸡饲料从旁边走过,面无表情地回答:"因为太难看了。"

我妈说:"这么多年来,我从没见赛虎笑过一次……"
小狗赛虎听了,很无奈地低下头去。

我问我妈:"那种一瓶只卖两块五的'五粮液'是不是假的?"
我妈不屑回答这个问题:"我 × 你万奶奶。"
万奶奶就是万代以上的那个奶奶。
我又问:"为啥要一直骂到万奶奶那里?"
她说:"骂远一点好,骂得太近的话,万一认识,岂不得罪人?"

2010 年

踢毽子的事

我在富蕴县上了两三年小学。那时，根据各家地理位置的不同，生活中大家表现得各有优势。比如住珠宝厂家属院的同学，玩抓石子的游戏时用的是玛瑙石，而我们只用普通的鹅卵石；住印刷厂家属院的，打草稿做演算都用细腻的白纸，而我们只能用废弃的作业本背面和空白处。

而我呢，我家住在县车队附近，除了各种奇形怪状的机器废旧零件，啥好东西也落不着。直到每年开春后，大家脱去厚重的冬衣开始轻轻巧巧地玩踢毽子的游戏时，我才能稍稍表现一把优越感。

那时候物质匮乏，毽子没得卖，得自己动手做。一枚啤酒瓶盖套一个圆圈形的机器铁垫片，再顶一个从空牙膏管上剪下来的锡质牙膏头，沿边砸平酒瓶盖四周的褶子，把垫片和牙膏头牢牢框住。牙膏嘴里插上鸡尾巴毛——就成了。头重脚轻，落地不倒。漂亮极了。

啤酒瓶盖到处都是，牙膏头也好找，但铁垫片这玩意儿并不是随处可见的。于是，一到那时，同学们纷纷求我帮忙找垫片。而在这方面，我特能摆阔，别人的毽子里只包一枚垫片，我偏要包三枚。于是大家都不乐意和我玩。因为我的毽子太沉，踢不了一会儿，脚背就会被砸出一个又一个坑。

由此谈到踢毽子的事。

大家不跟我玩，还有一个原因是：我太笨了……哎，不能灵巧地进行腿部运动，真是一生的恨事。

比方说踢毽子吧，先抛出毽子，伸出脚接一下，运气好的话，还能再接一次。也就是说，一次顶多踢两下。

对于其他女生一踢就是百十下，我相当妒恨。大家都安慰我："没事，多练练，自然就踢得好了。"可笑！她们怎么知道我没练过？我自个儿在家没事就练，比读书还刻苦。

此外，还有跳绳、跳远、跳皮筋……都窝囊极了。跟块石头似的，跳起来后，"咚"的一声落地。像整整一麻袋土豆被人从屋顶推下去，震得浑身器官错位。而其他同学呢，轻盈无声，优哉游哉。

直到后来开始接触中医后才恍然大悟，这全拜腿部经脉不通所赐。不通到什么地步呢？一般人站直了，弯下腰双手就能握住脚踝，而我，顶多能摸着膝盖。

为此，真想登高一呼：我不笨！不笨！笨，笨笨……是因为身体不好，身体不好，体不好，不好，好，好好……

另外，我脾气也不大好。同理，大约也是经脉不通吧……试想，一个健康的人，无病无痛，内心光明，能有什么想不通，能有什么受不了的？犯不着为一点小事怄气发怒。

至于那些职业舞蹈演员啊，耍杂技的啊，他们能够自由奔放地舒展身体，四肢通达，性情自然也应该开朗明亮吧！真是眼红啊。

总之，踢不来毽子，实在是悲伤的事。并且这悲伤变得越来越复杂，牵扯出的冤屈也越来越深沉。

不过呢，我这人吧，虽然踢不来毽子，对做毽子却始终保持着浓郁的兴趣。大约腿不好的人就手巧。加之材料大把大把的，家里又养着鸡，也不愁没鸡毛。于是那一段童年时光里，在苦练踢毽子的间隙里，我不停地敲敲打打，然后满世界追鸡拔毛。毽子做了一大堆。刚好我家开着商店，附近又靠近学校，我妈便陈列起来当商品卖。然而不知为什么，一只也没卖掉。我明明做得那么好。

2010 年

摩羯座小贝

去小贝闺房数次，其中两次看到她叠衣服的情景。那架势，全力以赴，如临大敌，丝毫不敢疏忽大意。春晚总导演身处直播前最后一次彩排现场时的状态也不过如此。

她从阳台衣架上取下晾干的衣物，一件一件抖展，强迫症患者一般极具耐心地扯平面料上的每一道细碎水印。然后平摊床上，找出衣物后背中心绝对中轴线，并沿此中轴线向两边水平旁开十公分，目测一虚拟线，再以此虚拟线左一半、右一半，天平一般匀称地叠出两道褶子。游标卡尺都不会掐得那么准。顿时，衣物精确地缩瘦三分之二，左右袖子对称得天衣无缝，领子平展端正。绝对恢复了刚从店里买回还没拆包装时的状态。接下来她停顿三秒钟，深思熟虑后，找出横向黄金分割线，如修表一样小心翼翼翻转衣物，令其长度又缩短三分之二。最终衣物成为方方正正、无懈可击的直角平行四边形。完美得简直可以镶在镜框里展出。这才小心放置一边，全神贯注对付下一件衣服。

至于棉袜，先揉一揉，揉得松软了，再细细过目：很好，脚趾处没有破洞，足跟处没有磨薄，没有褪色，没有异味。这才无限怜爱地叠作三折，再如往高处放置水晶杯一般将其放进低处的某个角落。

叠衣服如此精雕细琢、万无一失，不知洗衣服又会是何等精妙。

带着浓重孤独的偏执感折叠衣服——我这辈子就见过这么一个人。也不知此人成长过程中受过什么刺激。

摩羯座小贝说：摩羯座重感情，重家庭。然后满脸命苦状和认命状。其实是非常满意自己的这一归类的。她十平方米的出租小屋里拥挤着她毕生的家当，整齐有序，像藏满果子的茂盛果树一样。随手就可以取到自己不可或缺的某物。她在这个小屋里生活了好几年，日子稳稳当当地暗自膨胀。

天生贤妻良母的小贝同学，一直在外打工。这些年来一直一个人寂静地在这个小房间里洗衣服，叠衣服，擦地板，熬冰糖绿豆劳什子粥。哪怕只有一个人，也要把家庭的伞满满撑开。她一丝不苟地走在强大的习惯之路上，认真地毫不妥协着或认真地妥协着。她花漫长的时间进行着一场巨大的准备。她一直都处在迎接的状态中。但是她一直只是一个人。不晓得在叠衣服之外那些更为漫长的时光里,又是如何耐心地、丝毫不打折扣地认真度过。红娘都会为着小崔姑娘向崔老太太责怨虚掷青春的罪过。如花美眷,似水流年。浪费啊,捶墙叹息啊……哎,摩羯座的小贝,一心想成为一个母亲的小贝……

大家给小贝介绍个男朋友吧!嗯,小贝自己呢,表示希望对方最好是个老师,因为这样一年中就会有两个假期一起出去玩了。坐火车长途旅行是她的梦想。

2009 年

李娟所在的星球

过乌鲁木齐,去看周密。两人窝在她那个回声惊人的空办公室里呱咕了一下午闲话。其间,她对我所说的最多的一句话就是:"李娟,地球真的不适合你,你还是赶紧回你的外星去吧!"

为此,她还畅想了许多未来的情景——那时她白发苍苍,子孙成行。她将会对孩子们深情地这样谈到我:"在很久很久以前啊,奶奶认识一个外星人,叫李娟。她明明是个外星人,还死活不肯承认,装得跟个地球人似的。整天到处乱跑,去了一个又一个城市,换了一种又一种生活,但哪一种生活都不能长久地适应。她以为只要多多地努力,一个城市一个城市地去挨个儿尝试,挨个儿寻找,总有一天会找到一个真正属于自己的、最最适合自己的地方。可是,她毕竟是个外星人，外星人怎么能习惯地球的环境呢？问题的最根本最关键之处就在于：地球不是她的星球，哪怕走遍了整个世界，她也不会过上她想要的生活。只有离开地球，才是解决办法的唯一的途径。可是，她偏偏就想不通这一点，整天还在马不停蹄地跑啊跑啊……她实在是一个不幸的、没有现实感的外星人……离开乌鲁木齐，还能买一张硬卧的火车票。那么离开地球需要什么工具呢？可能就只有硬座了……"

和周密聊天，每当意见出现分歧，她就傲慢不屑道："得了呗，我可和你不一样，我可是个货真价实的地球人。"

每当话题告一段落："哎，你这个外星人啊，其实我一点儿也不想和你说话！"

虽然总是被她的这种幽默感搞得一筹莫展，但每每听到她口中说出"你的星球""你想要的生活"之类的话语，就在心里流泪。

五六年不见了，周密却一点儿变化也没有，无论外貌还是性情，真是让人高兴。作为朋友，我曾经为她所经历的那些挫折和痛苦而深深地难过、惋惜。但是，就算什么都失去了，至少还有幽默感和希望。周密比我想象的更坚强。

当她表示宽宏大量时，就会说："唉，看在你是一个外星人的分上，我就……"

当她坚持原则时："虽然你是一个外星人，但我也得有底线！"

我们互相回忆起对方的过去。当多年前我们还在一起打工，还年轻，还糊涂。那时的我刚从乡下来到城市，购物心态不靠谱。老喜欢买便宜货，哪怕一点儿也用不上的东西，只要便宜，都不顾一切地先买回家先放着再说。

她回忆了一件事。有一次她买了一双新凉鞋，当我听说那双鞋子花了一百多块钱时，就露出一副不可思议到极点的神情。

几天之后，我也踩着一双新凉鞋跑到她面前，得意洋洋地炫耀："猜！多少钱？五块！"

但那个夏天结束之后，我愁眉苦脸地对她说："我总共穿坏了五双凉鞋。"又问道："你怎么还是那一双？"

她便语重心长地教育我："你那五双鞋加起来差不多就能买我这样一双了。"

而我很不服气："那我好歹穿过了五双不同的鞋。你呢，来来回回只有一双鞋穿。"

——哎，这件事我都忘记了！这场会晤真是奇妙，好像突然间把过去的自己连根带泥都刨了出来似的。原来我曾那样生活过啊……

而在我的记忆中，关于周密，记得最清楚的情景是每天下午快要下班时，她总会先给家里打个电话，娇声娇气地问："妈妈，晚上吃什么啊啊啊？……"非得把那个"啊"字拖个三到五遍不可。若不是电话线太细，她非得从话筒里钻到那头，直接钻到妈妈怀里再继续"啊啊啊"。

也曾去过她家，周妈妈烧得一手好菜，好吃得令人嫉妒。可这家伙身在福中不知福，事儿倍多，边吃边埋怨不休。什么这个炒老了点，那个有些咸了……气得我真想捏着她脖子掐、掐、掐，一直掐到她把二十年来吃下的东西全都吐出来为止。

这两年周密的妈妈生病了，一直在住院。希望阿姨的身体快快好起来，希望能再次吃到她炒的菜。

唉，突然希望自己仍然还在乌鲁木齐生活。最好也在周密所在的延安路上班。甚至还想像以前那样，和她在一起工作。如果人生从始至终都是那种时光的话，哪怕也不会再有什么更好的变化了，似乎也蛮不错……然后我就能天天和她一起走过团结路的大巴扎，絮絮叨叨说这说那。

这次见到周密时，她刚参加新工作没几天，不但办公室空空如也，脑子里也空空如也，无可适从。尤其提到几天后的一场部门例会，更是令她犯愁。而我呢，作为一个有着长期机关工作经验的过来人，慷慨地将工作心得倾囊相授。动之以情，晓之以理，苦口婆心劝她放松，放松，再放松……呱叽了老半天。于是她渐渐陷入沉默。开始我还以为她真的把我的话听进去了呢，还怪有成就感的。谁知半晌后，她抬起头来，幽幽叹口气："啊，李娟，我是多么希望此刻坐在我位置上的这个人是你，几天后将要在例会上作自我介绍的人也是你。而我呢，和你换了个个儿，变成是我在不停地用你的话来劝你'想开点'——要那样的话多好！那样的话我该多轻松！等劝完以后，就没我啥事了，只等着几天后看你的好戏……"看来世上顽固的家伙并不只有我。

唉，外星人和地球人打交道是挺难的！

2009 年

到哈萨克斯坦去

这些年,我们村的人只要一有机会就会举家迁往哈萨克斯坦国。大家都说那边比这边好,好找工作。看病、孩子上学都不花钱,房子也便宜。商品也地道,绝对没假货。

但过不了多久,又有人陆陆续续往回搬,抱怨说,那边好是好,就是治安太差了。孩子差点跟着坏人学吸毒。看来,习惯了社会主义后,就很难习惯资本主义了。

扎克拜妈妈的大儿媳妇的娘家也在去年迁去了哈国,雇了一辆卡车拉走了全部家当,只留下一座空院子和班班。我很喜欢班班。班班太可怜了,那天追着卡车跑了好远,永远也不能理解何为"分离"。班班是一只长毛的哈萨克牧羊犬,已经很老很老了。后来扎克拜妈妈一家收留了它,转场时把它也带进了夏牧场。看起来它很快适应了新家,很负责地看管羊群或冲着陌生人吠叫。但是我猜，它一定永远都在期待着某一天，那辆载满家什的卡车在原野上走着走着，突然掉头往家驶来——好像那时大家才终于记起家里还有一个班班。

到了今天，背井离乡已经不是什么凄惨的事情了，抛弃过去的生活也不再需要付出多么艰难的勇气。想走的人说走就走了，走的时候连一把破破旧旧的小木凳也不忘带上，想法子塞进行李堆里。到了新家后，旧日的壁毯往墙上一挂，相同的位置摆好茶叶袋和盐袋，然后解开裹着食物的餐布，铺开在花毡上。好了，生活又一成不变地展开了！好像生活在哪儿都是一样的。

至于回来的人呢，哪怕走遍了世界的每一个角落，也没能看出一丝的改变和疲惫。那些人，当他们再回来时，更多是作为欢喜的人而不是沮丧懊恼的人。很好啊。大家都不是那么执着。

如果可以，扎克拜妈妈也想去哈萨克斯坦呢。扎克拜妈妈也热爱着哈萨克斯坦，但具体热爱那里的什么，我就说不大明白了。她与大家一样额外推崇从哈国那边过来的东西——糖果、茶叶、服装……总之只要是那边的，就一定好得不得了。不过也的确如此，比如那边的糖果就很不错，虽然工艺几乎还停留在我们这边几十年前的水平。大都是蜡纸包装的，很少有塑料纸包装，看着非常亲切。吃起来口感也地道，很有童年的感觉。而这边的糖果（除非是价位昂贵的）大都只是包装漂亮而已。甚至许多糖看起来晶莹闪亮，但含在嘴里却没一点甜味，也不知是什么胶做的。仔细想一想，实在觉得可怕……花钱只是为了买个漂亮……

扎克拜妈妈给大家分糖时，若发现有一枚哈国那边生产的糖果，会立刻不顾孩子们的哀怨，捡出来重新锁回箱子里去。

她有一条宽宽大大的银灰色安哥拉羊毛头巾，每当使用它时都会骄傲地对我说："李娟，这是哈萨克斯坦的！"

扎克拜妈妈牙疼，她说要是在哈萨克斯坦的话，拔一颗牙才一百块钱，而县城里的私人小诊所都得花三百！

那么我想，大约她是认为去到那边的话，生活会变得更宽裕、更从容吧？但是，每当我看到她傍晚赶着羊走在回家的山路上，走着走着，突然就地一坐，向后一仰，整个身子拉展了躺倒在草地上，向着深厚的大地惬意地疏散开浑身的疲惫。她真舍得离开自己的牧场和牛羊吗？

还有扎克拜妈妈的女儿卡西，十六岁的小姑娘，一谈起哈国就满脸神往，赞叹那边真是样样都好，干啥都称心如意！好像已经去过好几次似的。

去年夏日的一个清晨里，在乌伦古河南岸的阿克哈拉村，我妈沿着沙漠中的公路散步的时候，看到住村东头的沙合提别克在前面不远处驾着一辆破旧的农用小四轮拖拉机，"空！空！空空！……"地慢吞吞前行，一步三摇。小小的车斗里满满当当地堆着箱笼被褥、电视衣柜。

她急走几步赶上他："哎呀！你这个黑老汉，这是干什么去？"

"这个么——"他在轰鸣的引擎声中兴高采烈地大喊，"到哈萨克斯坦去！"

我妈大惊："那，你这路上打算走几年？"

他乐呵呵地回答："胡说！哪里要走几年？这样走的话嘛，也就一个多礼拜吧。这两天要是不下雨，明天晚上就走到海子边啦。后天就进北屯，争取再走一天到吉木乃，再住一晚，再走一天，再住一晚，再走一天。然后就出国门啦！……"

真让人羡慕。看他那个劲头，别说哈国了，就算去地中海，他的拖拉机也完全没问题。

哎！看来出国是多么容易的事情啊！似乎念头一闪，即可成真。

每当我丢着小石块，嘴里"啾！啾——"地吆喝着，赶着羊群缓缓走在荒凉的大地中，老狗班班形影不离地跟着。那时总会想到沙合提别克。好像他此时仍乐呵呵地、慢吞吞地走在一望无际的原野上,"空!空空!"地驾着拖拉机。生活嘛,慢慢去做好了。更多的变化会在更短的时间里涤荡这片大地,然而哪怕是世界翻了个个儿,古老的心灵仍然耐心地走在命运的道路上。哎,怎么说呢——谢天谢地!

其实主要想说的是我家邻居阔阔来的事。他家早就打算迁到哈国了。他家非常富裕,牛羊很多。女儿也整洁伶俐,能说满口令人惊讶的流利汉话。她在乌鲁木齐念过书的呢!一看就知这样的姑娘是不会在破旧偏僻的乡村待一辈子的。

据说为了去哈国,之前早已办好了所有手续。牛羊也处理完毕,大件的家具电器、贵重的衣物地毯先雇车运过去了,寄放在哈国那边的亲戚家里。然后又迅速低价卖掉了这边的房子,向公家退停了自家的草料地。

但接下来不知出了什么事,这一家人又暂时出不了国门。便在村里的文化站(一直空闲着)租了一个房间,简简单单支了床,起了灶,凑合着住下。结果这一凑合,就凑合了五年。

这五年里,这家人衣着寒酸简陋(好衣服都在哈国呢),大大小小六口人挤一个大通铺睡觉,没有烤箱,就在门口的空地上升起火堆用铁盆烤馕饼。

阔阔来的女儿仍然骄傲而清洁,每天都看到她在洗衣服。

明明家徒四壁了,有什么可收拾的呢?却仍见她忙得没完没了,不停地规整这、收拾那的。

她家一有点剩饭,就赶紧送来喂我家的鸡。并且一看到有野狗靠近我家的鸡窝就帮忙赶跑。

如此殷勤,只为能天天来我家院里挑水。我家有一眼水质很不错的压水井。去别人家挑水的话,一个月要付二十元钱。我家是免费的,而且还近。

冬天里,每一户有井的人家都会忌讳外人频频上门打水。因为溅下的残水总是搞得井台覆着又厚又滑的冰,老人小孩子不能靠近。出门一路上溅出的冰水也很影响一家人的日常生活。

而冬天的阿克哈拉,水位线很低,无论多深的井,每天打不了几桶水就见底了。所以水算是很珍贵的。而我家地势偏低,水量大,每天被人多打几桶是不影响生活的。再说也实在可怜这一家人。

因此,这家人很感激我们。作为邻居,大家很亲近的。

到了第四年,大约去哈国的希望全部破灭(随之失去的怕是还有遥遥搁浅在哈国的那些体面的家什物件和从前富裕的生活)。他们只好决定在阿克哈拉从头开始,重新盖一座房子。

他们买下了公路对面荒野中的一小块土地(全村只有那

里宅基地价最便宜,一平方米只要两块钱)。在很多个炎热的夏日里,阔阔来和十四岁的大儿子不停地到公路北面很远的渠沟边拉水回家打土坯,九岁的小儿子前前后后地搬运、打杂。很久之后才翻打出足够盖一套小房子的土坯块。然后他们又借来拖拉机去戈壁滩深处拉回石料,像模像样地砌起了不错的地基。

让人吃惊的是,接下来盖房子——他们居然也全靠自己!居然一个工匠也不雇……我妈说:"可能别人盖房子时,他天天跑去观摩,就学会了呗。"

女儿挥锹和泥巴,母亲一块一块地递土坯,大弟弟站在高处牵根绳子往上拉土坯,父亲一块一块地砌墙,爷爷和小弟弟运砂石,架椽木。一个夏天过去了,一座泥土房屋慢吞吞地从大地上生长起来了。除了门、窗、檩条以外,居然一分钱也没花。这才是真正意义上的"白手起家"呢!

要知道我家几年前雇工匠盖房子时,可是花了一万多块钱工费的。还不包括全部用料。

自己盖的房子固然亲切,可是敢住进去吗?毕竟不是专业的。

接下来,他们开始在家门口打井。这一次仍然自己动手挖,于是又省去了两千块钱的机械打井费。

打井必须得在冬天里,那时水位线低。于是这一家人在最寒冷的日子里忙了一个多月。女儿和父亲在井底掏土，两个男孩在地面上拉土。因为那块地的地势高，足足挖了十几米才渗出一点点水来。

这还不是最痛苦的。最痛苦的是，辛辛苦苦打出了水，一尝，却根本不能饮用，异常咸苦，碱太重了……用这种水洗衣服都不行，晾干后，布料上会泛一层厚厚的白碱，黑衣服也会变成白衣服。

于是他们只好继续在我家打水。而那时我们已经不是邻居了，打一次水得穿过公路，走很远很远。

接下来，他们四处借钱买了一辆破旧的二手小汽车，本来打算指望这辆车在荒野里拉拉客，跑跑运输赚点钱。但从买回来的第一天起就东修西修，不到一个月就彻底报废了。至今停弃在他家门口，车后备厢的盖子用铁丝五花大绑地固定着，四个轮胎一瘪到底。

总之生活似乎越来越绝望。可是生活还是得继续，孩子们在成长，女孩子也到了出嫁的年纪。家庭变故惨重，但根还在呢，再一点点从大地里重新生长出来吧。一切都会缓过来的。他们又凑钱买了几头山羊，未来的生活便指望这些山羊的慢慢繁衍与壮大。

女儿终日操持家务。夏天，母亲和父亲在附近几个农业村庄里打工，干些农活，冬天去县城里的选矿厂打零工。两个男孩子也在课余时间帮人挖泥巴、翻制土坯、敲葵花壳。总之想着法子赚钱。

贫穷并不是不体面的事，况且他们是坚强的，失去一切之后，至少还没有失去劳动的能力和权利。阔阔来一家仍然有完整的家庭以及完整的生活。因此他们也受到大家的尊重与帮助。他家的女儿依旧漂亮自信，听说已经和一个牧业家庭的男孩订婚了。

哈萨克斯坦的梦破灭了，但追求"更好一些的生活"的想法仍没有改变。去哈萨克斯坦有什么不对呢？去不成就算了。同时，因去哈萨克斯坦而深受重创的事也算了吧。好在大家都不是那么执着。

2008 年

乡 村 话 题

在南京，秋冬交接的季节里，水气弥漫的江心洲开满了菊花。穿过菊花地，有人告诉我：路边这块青菜地中央微微凸起的一小块土包，是年代久远的坟墓。还告诉我：此地的农民，有坟前不立碑的风俗——死后随便埋在自家门前菜地里，仅有两三代之内的后代能记得那处地方，记得下面埋着的是哪一位祖先。

我便留心观察，发现田野里还有好几处这样的小土包，一个个不过脸盆大小，周围团团簇簇生长着青菜或蓬蒿。还有一个微耸在扁豆架下，一小串紫扁豆轻轻地垂下来，嘴唇触着泥土。

这些郁郁葱葱的无名坟墓，仿佛在下面裹藏的，不是冰冷的棺木，而是蜷伏着一个个温柔呼吸着的熟睡婴儿。扒开泥土的话，他就揉揉眼睛，翻个身又继续呼呼睡去。香甜而温暖。

一路走过去，田野里的野草们纷纷深藏着自己美丽的名字而平凡地生长。我们只知道乡村是美好的，却从不曾细究这美好的因由。我们无论多么向往乡村情调，都不敢落脚乡村的真实生活。我们连乡村里的一株草都不认识。

一无所知地路过这片田野的人，不晓得埋在前面那个坟墓里的是谁的人，真是又孤独又尴尬啊。骨灰强作潇洒地挥撒大海，或是姓氏堂皇地跻身大众公墓——似乎这人世间的大部分结局都不如田间这方小小的土包来得温馨自得。让人嫉妒。

乡村的时间平缓前行，波澜不起。与一千年前一样，大家还保留着在自家屋前田边栽种木槿树的习惯。当地人仍相信这种古老的界树是吉祥美好的事物，会改善风水，有利于家庭团结和后代生长。而且木槿开花实在很热闹很漂亮，看在眼里，喜在心里。但只有做学问的人，才晓得在古时，木槿花一直冠盖群芳，只有最美的女子才形容以"颜若槿容"。真的好像是只有乡村才继承了我们最后的、最纯正的民族气质。

也只有乡村的女孩子才能从祖母那里学会用木槿叶拧出的浓稠汁水洗头发。如此洗出来的头发光滑清洁，很有名牌洗发水护发素的功效。总之乡村真是神奇又神秘。尤其乡村看似容易进入，容易接受，容易被改变，但乡村的心灵所包裹的那层外壳却是坚硬而冰冷的。这倒与人死后薄薄地敷在棺木之上的那层温和泥土恰恰相反。

2008 年

扫帚的正确使用方法

以前打工的时候,老板娘家的扫帚是那种传统的高粱秆子扎的。新买来时,胖乎乎、蓬茸茸,扫起地来所向无敌。每天干完活开始打扫车间时,老板娘都会死盯着我们扫地,千叮咛万嘱咐:扫帚用完后要倒过来放啊……倒过来靠墙角立着啊,高粱秆那头结实啊,高粱枝子朝下放的话,几天就往一边倒了啊……往一边倒,几个月就折断完了啊……断了就没扫帚了啊,过年才换新扫帚啊……

扫帚倒过来放的话,也许真的能延长扫帚的使用寿命。但尽管这么仔细,一把扫帚还是很难用到年底。因此一年的最后那两个月里,扫帚秃得只剩根扫帚杆了,扫地的时候不管用哪头都一样的效果。扫起地来,不叫"扫地",那叫"捣地"。用那根尚扎成一束的高粱秃把一点一点把垃圾捣往一处，然后设法用脚或手推进簸箕。没办法，他家坚决一年只用一把扫帚，不到大年初一誓死不换。

可后来自己过日子时，不由自主地也开始珍惜起扫帚来。在路上看到环卫大叔大妈们使老大的竹枝扫帚扫大街，统统都是往前一下一下地推着扫，没有一个侧过扫帚左一下右一下扫的。便非常担忧，那该多费扫帚啊，怕是几天就得磨秃一根。公家的东西用着真是不心疼。不过这么说很无聊，若自己也开始干那活的话，肯定也会那样扫——既然大家都那样扫，肯定有其道理嘛。比如省劲，比如方便之类。

在南京江心洲租房子住，房东老两口都是老实朴素的农民，院子收拾得干净利索。有一次我出远门玩了一个星期回来，就怎么也找不到扫帚了。跑去问房东老太。老人答应着，颤巍巍穿过院子里的青菜地，扒开围墙下码着的一垛砖，好半天才拔出结结实实压在砖下的那把塑料长柄扫帚。我不由莫名其妙。至于吗？藏这么结实。后来才知道，不是藏扫帚，而是为了把那把已经被我和另外两个房客用得塑料须乱蓬蓬，且全往一边卷曲弯倒的扫帚紧紧地压住。把塑料须压得平展整齐，以延长寿命，方便使用。

以后，我每次用完扫帚后，也照样平放在地上，提一桶水压住扫帚须子。第二天取出，虽说不至于变得跟新的一样，但的确跟新的一样好使。

这把扫帚很破旧了,又是几块钱的便宜货。在我们看来,根本就是一次性的器具嘛,不能用了就一扔了之。可是想想看,一次性的生活多悲哀啊,什么也留不住似的——生活中一切都崭新锃亮,像永远身处暂居之地。

保养一把扫帚也好,保养一部车也好,有什么不同呢?一样器具在精心照料下得以长久地陪伴在生活中,像是有生命的一个同居者一样,令人踏实安稳。

再想一想多年前那个老板娘,又觉得吝啬与珍惜其实只有一点点模糊的区别。

2008 年

户口和暂住证的事

我小的时候学习并不好，可小学毕业时却接到了重点中学的录取通知书，使我外婆和我妈大喜过望。我自然也很高兴，报名之前还偷偷跑去看了看新校园。新校园对我来说大得不可思议，还有池塘和小树林。课间铃声是庄重悠远的铁钟声而不是电铃。教学大楼墙体外部砌的是莹莹的汉白玉而不是瓷砖。主楼前有两个铺满明黄色睡莲的池塘，里面有许多鲜艳的红色鲤鱼游来游去。

可到了报名那一天，同样的问题出现了，我没有户口，学校拒绝接收。

这个结果其实我早就料到了，因此并不特别惊慌。学最终还是得上的，这些问题自有家长去解决。

然而心里的那种别扭与难堪仍然不可抹杀。

我从小就是一个没有户口的人。妈妈是离职的兵团人，没有单位，非农非工，我们娘儿俩一起当盲流，不停地搬家，换学校。

似乎早已习惯了，又似乎永远都不能习惯。——每当老师说："没有户口的站起来。"我就心怀巨大的不安站起来，孤零零地站起来，像是一个做了坏事的人那样站起来。

我忘记了那些年老师们都出于什么原因非要让没户口的站起来，只记得一学期里总会有那么一两次。也许是涉及什么费用，也许要做什么统计。忘了，全忘了。可能是刻意忘记的吧？可能潜意识里巴不得挖地三尺，想把相关内容统统抠去。

有时老师也会说："没有户口的站到一边去！"

我就在众目睽睽中站到一边，孤零零地远离大家，觉得自己似乎永远也回不到原来的序列中去了。

当我还是个孩子时，不知为何竟如此介意这样一件事情。"有户口"这种事，在其他同学们那里是理所应当的，而自己居然没有，肯定就有问题了。而有问题的人还想要继续读书，还装作没事似的和大家坐在一起学习、游戏——这绝对是自己的错！是妈妈的错！是她害我没户口，害我和同学们都不一样，害我如同占小便宜一般地夹在大家中间成长学习着。害我每年都要麻烦老师把我从座位上叫起来一次，仔细地盘问我为什么没有户口——尽管上学期已经盘问过了。那时，教室安安静静，所有人侧耳倾听。老师盘问的每一句话都被这安静和倾听无限地拉长、放大，意味深远。我真是一个制造意外的人，真是个多余的人。

由于很怨怪我妈，就跑回家向她哭诉。弄得她很恼火，便打了我一顿。

另外没户口的话，学费总是会比大家高出好多。好在有段时间我家开有商店（那时全富蕴县一共才四五个商店），家里还算有钱。那段时间我的新衣服总是比同学们多。然而又因为没有户口，让人觉得有钱也是耻辱的事情，穿新衣服也是难为情的事情。新衣服再多又有什么用呢？户口都没有……

因此，那一年，当新学校新生报到处的老师依旧拒绝为我办手续时，我立刻就扭头溜了，只留下外婆在那里对老师努力地解释、哀求。

那天外婆一回到家，就开始四处奔走，到居委会开证明，到原校开介绍信，跑了整整一天。

我没有户口，照样上了这么多年的学，因此倒并不担心会没得学上。唯一担心的是会不会因此转校。那个学校多漂亮啊，多舍不得啊！

第二天,外婆带着我再次去新学校报名,可仍然被拒绝了。

原因似乎是落了一道什么手续。外婆当时已经八十多岁了,沟通起来很困难,很多事情都不能明白。但她也知道那所学校是所好学校,是不能放弃的。于是就在那里缠着老师一个劲儿地磨叽,却一点儿也磨叽不到点子上去。那个老师似乎显得很不耐烦,不时地起身做出要离开的意思。每当外婆的磨叽告一段落,他就回应同样的一句话:"老人家,这些我都晓得,但这个事你莫来找我。"

外婆越说越着急,最后都快哭出来一般:"老师啊,这个娃儿是烈士的后代!我的两个弟弟都死在朝鲜战场上,我们家再也没得男人了……"

这话使旁边的我大吃一惊!虽然我早就知道我家出过烈士,家里大门上一直钉着"光荣烈属"的铜牌,也知道烈士是极大的一种荣誉。但没想到,这种荣誉居然也能分给我一份……

然而紧接着,又知道了这个其实也没什么了不起的,连户口都没有,烈士后代又能怎么样呢?

因为那个老师仍然回答道:"老人家,这些我都晓得,但这个事莫来找我。"

虽然波折很多,事情后来还是解决了。和之前的每一次一样。总之我多交了些借读费,还是进入了那所漂亮而优秀的学校就读,一待就是三年。算下来,那应该是我待过的所有学校里,时间最长的一所。但这并不意味着稳定。尽管这三年之中,因没有户口而被老师从座位上单独叫起来的次数不过只有六次而已。

我外婆一辈子没户口,照样活到九十六岁(顶多是重阳节时没人来慰问罢了)。但是由于没有户口,就算活到九十六岁了也没人承认。

前几年,我妈总算帮我把户口从兵团调了出来。这才知道,自己居然是一九六五年出生的!而且籍贯还是河南……天知道是谁的户口安到我头上了……无论如何,总算成了一个有户口的人了。然而,那两年我的家庭仍然奔波不定,我的户口所在地又没有住房,只好把户口挂在县城一家其实并不熟悉的老乡的家里(当时我们熟悉的朋友似乎也都是没户口的)。可是那家老乡不久后搬了家,失去了所有的联系。于是乎,我又成了一个没户口的人。

除户口之外,没暂住证也是很麻烦的事。七八年前,我在乌鲁木齐一家地下黑车间里打工,干流水线。老板没办执照,我们也没办暂住证。大家都跟耗子似的活得偷偷摸摸。

在很长一段时间里，我们连夜市都不敢去逛。因为在我们这些打黑工的人群中，有一种传言说是夜市上也开始有警察查暂住证了。还说他们一见到民工模样的就要求出示暂住证，若拿不出来，就当场带走。并且还让所有人排成一列队伍押送到什么地方办罚款手续。

虽然我在夜市上一次也没被逮到过，但那样的队伍的确是看到过的。那些头发凌乱、趿着拖鞋的打工仔们，嬉皮笑脸、一路骂闹着长长地走过大街。每一个人都强作无所谓，整条队伍强忍着不安。

暂住证一年一换，换一次九十八块钱。这个价格打得很有策略：说起来只是两位数的支出，其实跟一百差不多。现在想想看都觉得很稀奇：那时候我们居然穷得连九十八块钱都掏不起。

尽管很小心，后来还是被逮到过一次。

我们这些打工的怕公安局，当老板的则怕工商局。为防端窝，我们全都通宵干活，白天休息。车间角落一面宽大的裁衣板算是我们几个女孩子的床，另一个车间的另一面案板是男工友的床。白天老板就把车间锁了，装出里面没人的样子。因此每到睡前，我们渴死也不敢喝水。不然的话，到时候憋死也上不成厕所。

那天老板进车间取东西，出去时忘了锁门。正睡得香呢，突然有人闯进车间，大声地嚷嚷着什么。我们几个女孩子睡眼惺忪地翻身起来，看到他们急步走过来。前面一个人掏出一个小牌子，在我们眼前迅速晃了一下，厉声道："你！出来！！还有你、你、你，统统出来！"

有人胆怯地问道："怎么了？"他便又不耐烦地晃了一下工作证，算是说明了一切。我们这才勉强清醒过来。而之前已经连续工作了近二十个小时，刚躺下不过两三个钟头。人生最悲惨的时刻真是莫过于头昏脑涨之时却遭遇晴天霹雳。

总之大家都吓坏了。年纪最小的姑娘眼泪一下子就流了出来。还有两个姑娘犹豫着开始起身取衣服。还有一个吓蒙了似的，捂在被窝里不敢动。

虽然我也很害怕，但还是故作镇静地说："那你们先出去，等我们先穿上衣服再说。"

他们愣了愣，说："快点！"气势汹汹甩门出去了。

其实之前我确实是那样想的——等他们出去后，穿好衣服就跟他们走。可当他们真的走出门后，突然间却改变了主意。也不知从哪里来的勇气和怒意，使我一下子跳下案板冲过去，别上了插销，反锁了门。我从来都不是什么脸皮厚的人，况且那时又是自己理亏（仅仅因为我们是外地人，仅仅因为我们没有钱办暂住证就理亏……）。但那一刻，出于极度的疲惫和对生活的无望，突然间顾不了那么多了。

我对其他人说:"睡吧睡吧,实在太瞌睡了……"一头钻回了被窝。

她们都害怕得不得了,说:"这样行不行啊?"

我说:"咋不行!"

很快,外面的人觉察出不对劲了,大力敲着门喊话:"好了吗?到底好了没有?快点快点!"

后来就开始砸门,又用力地踹门,大声叫骂、威胁。门扇忽闪忽闪的,似乎马上就要被踹开了。最小的那个姑娘又哭了起来,后来大家都跟着哭。

她们对我说:"还是把门打开吧?"

我也不知道该怎么办。我捂着被子,也害怕地流下了眼泪。后来终于渐渐沉入深深的睡眠之中。

更早的时候,我和我的家庭跟随哈萨克牧民进入阿尔泰山脉深处的夏牧场做生意,在牧道的路口支了顶帐篷卖粮油日杂。然而,哪怕在那种平均每平方公里还不到五分之一个人的深山老林里,照样有查暂住证的。

那几个边防派出所的家伙实在讨厌,没事就到我们帐篷边转一转。看到门口晾的有野木耳,摸摸成色不错,就统统打包兜走。看到油锅里正在炸野鱼,就排成队站在锅边等着鱼出锅,然后每人两手一左一右各拎一条小鱼,排着队站在锅边津津有味地吃。如果是陪同上面领导来的，还热情地招呼领导随便吃，熟练地介绍此种野鱼的诸多好处……比在自己家还随意，无论干什么都不消和主人家打招呼。虽说占的便宜都不大，但就是让人恼火。

并且做这些事时，如果你脸色不好看，他就严厉地管你要边防通行证。你说有啊。他又立刻改口要看暂住证。反正总得要一样你没有的。

2007 年

我饲养的老鼠

厨房里有一只老鼠，于是我每天都要从自己的伙食里匀一勺子饭菜喂它。要是哪一天忘了喂，它就会在月黑风高之时咬烂我的米袋子，在我的红薯和胡萝卜上留下一排排整齐的牙印，啃断我挂在墙上的香肠，还要在我的碗柜里留下能坏很多锅汤的小东西。

没办法，只好忍气吞声地把食物按时放在固定的地方，恭候它享用。好在，只要喂饱了它，它就绝对不会给我惹事的。

而且，每天早上起来，看到昨晚留下的食物消失得一干二净，实在令人莫名地心满意足。好像它领了你的情，达成了默契。任何一场沟通，总是和情感有关的嘛。

可是前一段时间，单位的零姐姐送给我一只漂亮的猫咪。

没几天，猫就把我喂养的这只唯一的老鼠逮着吃掉了。

猫猫逮着老鼠时，并没有急于享用，而是在地板上扔过来扔过去地玩弄了好一阵。

这时我才看到这个被我亲自喂了好几个月的小东西是什么模样。哎呀，这么小，居然只有一节五号电池那么长。亏我天天给它吃那么多东西，肉都长到哪里去了？

对了，为什么说这只老鼠是我养的唯一的老鼠呢？

因为，自从猫猫把它吃了以后，厨房里就再也没有动静了。开始一段时间，我仍然习惯性地每天舀一勺子饭放在厨房角落同样的位置。可是，那一堆饭却越堆越多，再也没消减一分一毫。

不知为什么，直到现在，每天早上做饭时还是会往那里看一眼，倒有些希望那一小堆饭会突然空了。

顺便说说我的猫咪，它通体雪白，没有一根杂毛。但是，独独一条长尾巴却黑漆漆的，同样没一根杂毛。

2006年

访 客

　　除了喂老鼠以外,我还喂养着其他一些莫名其妙的小东西。说"莫名其妙",是因为我也不知道它们到底都是什么。只知道头一天留给它们的饭菜,第二天总会消失得干干净净。

　　都是些剩饭菜,虽说不能吃了,但总归是食物啊,食物总归是用以滋养生命的。若把它们倒进垃圾堆的话,也就白白地腐坏了。

　　每天傍晚,我将剩饭倒在后门的台阶旁。于是在一个又一个漆黑的夜里,那些长着明亮眼睛的小东西就悄悄地向我家后门靠近了。它来到台阶附近,先站立片刻,凝神倾听,然后才按捺着喜悦慢慢走向食物。

　　另有一些时候,等它走近了,才发现食物已经被某位仁兄捷足先登了。于是它在原地轻嗅一阵,又等待了一会儿,这才失望地转身消失在黑暗之中。

然而所有这些，我都不知道。只知道早上打开后门，台阶上空空如也，好像自己从来都不曾在那一处留下过什么东西。

直到下了一场大雪之后，才搞清楚一夜之间来了多少访客。

最大的访客估计是一条流浪狗。狗的爪印一看就知道。

还有一种小动物，小多了，比我的小狗赛虎还小。脚爪印非常可爱，圆形的，隔十公分留一个，非常均匀整齐地呈一线排列。它从北面遥遥过来，经过家门口，上了台阶，并且原地转了几圈。可能还敲了敲门，还期待了一会儿，但终于还是离去了。小脚印消失进了南面的雪野中。

还有一种脚印，拖拖拉拉地走着的，每走一步都会在雪地上刨出长长的雪道。后蹄与前蹄落脚点平行横排，从容不迫，四平八稳。

还有两行像是野兔子的脚印。

可是却从来不曾有过人的脚印。

头一天晚上，当我终于睡着了，一点儿也不知道外面正在下雪。更不知道雪停后，这些访客如何一一前来，又一一失望而去。雪盖住了食物，四下白茫茫。它们的失望，让人越想象，越心焦。

2006 年

邻 居

  河边一带住着许多人家。但全都背朝着河生活，门朝河开的只有我一家。于是，河边这条土路上似乎只有我和小狗赛虎整天来来回回走动着。又好像河边这么大一片开阔的地方，只住着我们一家人。

  但是一个月前，北面河上游两百米处的一间砖房又住进了一家人。从此，河边就有两家人的活动了。我们终于有了邻居。

  这家邻居的房子似乎空了很多年。几年前我刚到阿勒泰时，每天傍晚下班后，都要散步五六公里才回家。而每次总要特意经过这段寂静美丽的河边小路。那时就已经注意到那座红砖房了。房前的台阶缝隙里长出齐腰深的杂草，把铁皮门堵得严严实实，门上的锁锈斑重重，似乎敲一敲就散碎了。

屋顶上也长了深厚的野草。那时我就在想，这房子怕是荒了一百年了吧。很多荒凉的房子都是情形凄惨的，可这间房子却荒得自在而浪漫。

没想到，后来自己的住处居然会和这座房子相邻。

这房子只有独独的一间，大门正对着河，也没拦什么院墙。新来的这一家人从河边拖回了几节粗大浮木，在门口栽上桩子。又在河边割了些芦苇和野油菜秆，扎成把，拦在木头上绑定，就这样圈了块五六个平方的空地，算作是"院子"。"院墙"的豁口处横着挡了一扇破木板，用来防止路过的牲畜随便进入。然后在"院子"里斜斜横牵一根绳子，每天都可以看到绳子上晾着衣服和尿布。于是，一个家就这样落成了。

这家人可能是刚从内地来打工的民工。我观察了一下，一共五口人：夫妻俩，一个老奶奶，一个十岁左右的孩子，头发短短的，不知是男孩还是女孩。还有一个小婴儿，正在学走路。

那个大一些的孩子没有上学，天天跟着老奶奶在深深的河岸下拾捡搁浅在水边的柴枝及上游漂来的矿泉水瓶。

有一次，我在河岸边散步时，突然看到那个孩子的小脑袋在脚边露了出来。吓了一大跳！定睛一看，那孩子正在河岸下揪着一把草往上爬，而老奶奶在下面踮着脚尖努力托着孩子的腿脚。她的立脚处也很不稳当，眼看就要托不住了。那孩子悬在半空，上也上不来，下也下不去。手里揪着的草丛纷纷断裂。

我连忙蹲下身子，扯着小家伙的胳膊用力将他拽了上来。天啦，太危险了，幸好给我碰到了。河边这条土路平时几乎没有人经过的。要不然，非得出点事不可。

孩子上来后，河岸下的老奶奶大松了一口气，但并没有表示什么谢意。也许她根本不知该如何表达。我便径直走了。在回来的路上，看到祖孙二人仍在河岸边的树林里捡拾树皮枯枝什么的，丝毫看不出为刚才的遭遇稍感后怕。

父亲可能天天都要出去打工干活，不经常见到他。每次看到时，总是在精心地修整"院墙"，想让它看起来更结实一些。

而那个母亲没有工作，整天在家里带小宝宝。常常领着小宝宝在河边的空地上学走路。有时我带赛虎散步路过那里，那小婴儿会惊奇地大叫，指着赛虎说："呀！呀呀！"

母亲就说："这是小狗狗，赶快摸一摸！"

我觉得很不好意思，因为赛虎实在太脏了。刚生了宝宝，好久都没有洗澡了。而且天天都在厨房煤堆里蹭痒痒。加之秋天突然开始掉毛毛，成了一条癞皮狗。

然而又很感激。若是别的母亲遇到赛虎，总是会吓唬孩子说:"狗狗咬人,赶快躲开!"其实赛虎是温柔胆怯的,并不咬人。

冬天的气息越来越浓郁,又下了一场雪。今天已经到了零下二十度。散步时再经过这一家,却看到门前的晾衣绳上空空如也,烟囱也没有冒烟。门关得紧紧的,不知道房门后面,他们一家人此时正在做什么。

2006 年

没有死的鱼

我是不吃鱼的，但外婆喜欢吃。于是，每隔两三天，我就得忍受一次站在鱼摊面前，等待贩鱼的老板娘帮忙把我选中的鱼（一般来说，只有六七寸长）一棒子打晕。再痛刮鱼鳞，狠狠地剖肚掏肠抠鳃。

我早已知道鱼是生物集体进化的漫长历程中被远远甩在后面的低等生物。它的神经系统极为迟钝，以我们的标准而言，它们所能感觉到的"疼痛"应该是恍惚不确切的。所以，即使被钓起，即使开肠破肚，对它，也不会造成太强烈的痛苦吧？

但它面对被杀害时，还是要挣扎。那种挣扎实在让人无法忍受——徒劳的，疑惑不解的，又独自满怀希望的。

每当拎着剖好的鱼回到家，却发现它仍然还活着的时候，我会立刻跑到隔壁请邻居大哥帮我把鱼弄死。

他每次都是随手拾一根小棍，在鱼脑门那块"啪啪"敲两下，就递还给我。

"这样，就可以了？"

"可以了。"

"真的可以了？"

于是他再把鱼接过去，再用小棍敲两下。

也许鱼较之人，更容易得脑震荡吧？敲那两下还真有用，鱼立刻垂下身子，没动静了。

但还是会有那么两三次，都已经下锅了，它突然还会"醒"过来，再扭着身子在油火中挣扎一番。

到那时，我就没法求助了，只好学着邻居大哥用菜刀把子敲一敲鱼头。但不知为什么，却总是不奏效。

那时，鱼的身子都被横着切出一道又一道的月亮弯刀口了，还腌了椒盐黄酒之类。而它还活着，被割开的刀口处的肌肉有节奏地在我手指下痉挛。我毫无办法，一遍又一遍用刀把用力砸击它的脑门，砸到后来，脑袋那一块都被完全砸塌下去了，可它仍然活着。遍身的伤口都在痉挛，嘴巴一张一合。

我所能做的，只有一遍一遍地继续砸下去，脑子里只有一个念头：快死吧！快死吧！

但那念头绝不是邪恶的,也不是恐惧的……而是说不清楚的急切感受……慌乱的深处全是平静:快死吧!快死吧!

但它就是不死。一条没有鱼鳞鱼鳃的鱼,一条开膛破肚腹内空空的鱼,一条脑袋已经被砸变形的鱼……但浑身活着的气息却如此强烈旺盛。我紧紧握住它的身子,感受它真真切切的"活着"。这应该是很让人害怕的事情,可是此刻,竟顾不上害怕了,一心只想让它死,让它死,让它死……此时,没有一种归宿比死亡更适合它。

鱼做好后,端到桌上,外婆一边吃一边也劝我吃。我哪里还能吃得下?这哪里是鱼,这明明是鱼的尸体。

2006 年

外婆信佛

外婆非常有眼色的。每天搬把板凳坐在院子门口等我回家。看到我手上拎着排骨，就赶紧很勤快地帮忙洗姜；看到拎了冻鸡爪子，就早早地把白糖罐子捧到厨房为红烧作准备；要是看到我拎着一条鱼的话，则悄悄地打开后门走了——走到隔壁菜园子里偷芹菜。

每次偷了芹菜回来，她老人家总是做出一副受惊不小的模样，捂着胸口，直吐舌头："哎呀观音菩萨啊，吓死老子了，老子害怕得很……"哼，我看她才不害怕呢。

吃鱼放芹菜，是我们家做鱼的传统。其实每次放的芹菜也不多，一两根足矣。问题是我们经常吃鱼，于是乎，夏天过去时，隔壁家菜园子冲我家这边靠近篱笆处的情景寂寥凄凉，稀稀拉拉……与此同时，外婆偷芹菜的难度也越来越大，要蹲在那里,探着身子,使劲把胳膊往里面伸,才能勉强够着最近的一根。那时我绝不帮忙,就当给她老人家一个锻炼身体的机会。

我们如此频繁地偷菜,邻居怎么可能不知道?但人家从来不说什么,总不可能为了几根芹菜,把这个九十六岁的老寿星逮住揍一顿。

我外婆呢,一看到隔壁家的狗就弯腰摸一摸,看到隔壁的小孩子也夸一夸,整天有事没事笑嘻嘻的,比从来没偷过芹菜的人还要坦坦荡荡、心平气和。

我说:"你天天给观音菩萨烧香,偷了东西不怕菩萨怨怪?"

她说:"老子才不信那些呢!"

我说:"你不信还烧什么香呢?"

她想了想:"烧香是烧香,扯芹菜是扯芹菜。给你讲你也不懂,你个'结肚子'!"

"结肚子"是四川话,意思大约是"与之扯不清的人"。

好嘛,我从来不偷人芹菜,反倒没有她老人家理直气壮。

我外婆信佛一辈子。还在老家的时候,就是本地佛教协会的会员,还给发了个小红本本,证明她是什么"三宝""五宝"之类的弟子。因为协会里数她老人家的年龄最大(当时就已经八十多岁了),每当协会有活动,一大群老头儿老太太挎着黄布香包排成队走过大街小巷，走在队伍最前面的一定是她了。

而且他们协会还时不时举行一些捐资助学活动，有一次还向我所在的中学捐过钱。当时在我们全校师生的众目睽睽之下，外婆举着"功德无量"的牌子跟在寺庙的大师父身后，严肃而得意。

他们那个协会还真不赖，经常组织一些朝拜会。参加朝拜会就像参加旅行团一样，还有带队的、解说的，食宿统一安排，方便极了。外婆曾跟着去过都江堰啊，青城山啊，峨眉山等许多佛教圣地。而那些地方，我都从来没去过。等我老了，也要回老家申请加入这个协会。

每次活动，这些老头儿老太太们都会带一些活鱼活虾上路，预备着用来放生。

有一次，外婆把一尾红鲤鱼放在天井阳沟边的水缸里。可那鱼总是在水面上跳来跳去的，后来居然跃出来掉进了阳沟，扑扑腾腾地乱挣扎。眼看就到了阴沟入口处，外婆连忙大喊大叫，招呼我们去捉鱼。我们顾不上阳沟里秋苔湿滑，一起跳下去，扑来扑去，个个搞得满身污泥，费了好大劲儿才把那条狡猾的鱼绳之以法，重新扔回水缸并盖上木盖。

我们说："这鱼什么时候吃？"

外婆说："吃？哪颗牙想吃？这是拿去放生的，积德的！"

啊,放生?

我们互相看了一眼彼此浑身臭泥的狼狈样,气急败坏:"既然是放生的,刚才为什么不直接放了?"

外婆说:"不行,现在放就没人看到了。"

"放生就是为了让人看到自己放生了?"

"是呐。"

无言以对。

他们那伙老爷子老太太集体放生的场面十分壮观。一人拎一小桶,在护城河边站一排,唱过名后,一起把小桶里的活物连水倾倒进护城河里,然后一起合掌念佛。鱼虾在陌生的水流中扑扑通通地欢蹦乱跳,所有人为自己的善行深深地感动了,目送它们自由自在地消失在水深处。

我妈说:"要是我,我就在下游拿个网兜守着。上面一放生,我统统捞起来,然后统统再便宜卖给那些放生的。"

阿弥陀佛,菩萨啊,原谅她吧!

我外婆长年供着观世音菩萨,雷打不动每天早晚一炷香。看起来很虔诚,但若没出什么事倒罢了,一旦出了事……

有一次,我妈的身份证找不到了,又急着要用,全家人一起翻天翻地地猛找。

那个身份证通常是放在供放观音菩萨的那张桌子下的抽屉里的。找到后来，我外婆大急，索性骂起菩萨来了："老子一天到黑，早也供你，晚也供你，哪一点亏了你？结果连这么点东西都看不住，老子供你还有什么用？？"——看，她把菩萨当成看家狗了。

后来，又不知在什么地方找着了，于是又嬉皮笑脸给菩萨烧香赔罪："哎呀，感谢菩萨保佑我找到了！菩萨莫气，菩萨莫气哦？"我若是菩萨，就根本没法生她的气。

外婆给菩萨烧香，烧得最勤的时候是县城一年一度的百万元彩票摸奖活动（那时还没有福彩体彩之类）如火如荼地进行的时候。

那时外婆烧香时，会一个劲儿地喃喃自语："保佑我们摸到汽车……保佑我们摸到电视……保佑我们摸到洗衣机……"

那一年，我们全家就外婆手气最好，一连摸到了三条毛巾和一大把铅笔。

在我们老家，逢初一十五，或哪位菩萨过生日，或什么特定的佛教庆典日子，大一点的庙子都会举办庙会，非常热闹。

赶庙会的人各自用小布袋装一把米带去，分量不定，够自己吃的就行,好意思拿得出手就行。然后统一交到庙子里的大伙房,领取一枚号签。再各自去各个殿堂拜菩萨,每个菩萨都要拜遍。然后再到主殿听大师父讲经。那时在大雄宝殿里,信徒们密麻麻黑压压地盘腿坐着。师父讲完经,又有和尚开始唱经,木鱼铜磬铜钟齐鸣。大殿香炉里燃着手指粗的一炷长香,等香燃完了,一轮听经的仪式才算结束,所有人磕头起身,揉着酸胀的腿退场。下一拨等待在大殿高高的门槛外的香客紧跟着涌进去,各自占着一个蒲团坐下,又有人捧一炷长香端正地供上。就这样,一轮一轮地进行着,等吃饭的时间到了,就统统凭号签去伙房领饭。

吃饭的时候最有趣,别看都是虔诚的信徒们,但一涉及吃饭问题,统统毫不含糊。提醒吃饭的圆筒铁钟一敲响,所有人拎起香袋包包就跑,一个个跟踩了风火轮似的,伙房瞬间就挤得满满当当。尤其是蒸米饭的大木桶边上,更是铜墙铁壁一般,别说挤进去,就算抢着饭了,也不容易从里面挤出来。

说到抢饭,我外婆最厉害了,每次都能冲到最前面,所向披靡。为此,她每次都把听经的场次尽量往前排靠,争取不耽误吃饭的时间(罪过罪过)。但偶尔某次运气不好给排到了后面,吃饭的时间马上就要到了,长香还迟迟没燃完,这时,她就会跪在那里冲门槛外的我使眼色,于是我就爬进去在她身边的香袋里翻号签。那时我还小，偶尔一次两次不守规矩应该无妨嘛。我拿到号签就往伙房跑。在那里，穿青灰色衣帽的俗家弟子已经把几大桶米饭热腾腾地摆出来，准备好敲钟了。这样，我总是能帮着占着个好位置，排在最前面。

庙会里的东西全是素饭，豆腐粉条青菜之类。但不晓得为什么那么好吃！实在太好吃了！每次赶庙子，我都可以连吃三大碗米饭，尽管外婆交给伙房的份子米只有一小把。

唉，一想起这些遥远的往事，就觉得把外婆从生活了一辈子的家乡带到遥远的新疆实在是一件残忍的事情，让她永别自己熟悉而热爱的生活……可是又有什么办法呢，家乡再也没有什么亲戚了，她年龄也大了，不能再继续独立生活。

今天外面下雪了，隔壁开始清理菜园。意味着外婆今年的偷芹菜生涯从此结束。整个夏天里，这件事是她生活中为数不多的乐趣之一。菩萨啊，再给外婆找点别的事情做吧！不要让她太寂寞。

2006 年

排 练 大 合 唱

工会主席米拉提大姐恨铁不成钢地说："你们这些女同志啊，平时在酒桌子上，一个比一个唱得好。到这会儿，一个比一个蔫巴……"

我大约就是最蔫巴的一个了吧？不知为什么，平时精神蛮好，一到大合唱的时候，就开始打瞌睡。几乎每天下午同一时间都会站在同志们中间，就着迫在耳边震天响的架子鼓、黑管、小号、电子琴的进行曲旋律，以及一百多号人声嘶力竭的大合唱——小睡一觉……还边睡边点着头。为此，站在左右的同志们都奇怪坏了，这样也能睡着啊？

我也不知道为什么会这样，平时上班可从来没打过瞌睡啊！

大约因为腹腔震动，气血下行，涌注丹田，导致上部的大脑缺氧，所以……

那么腹腔为什么会震动呢？因为指导老师说，唱歌不能只有嗓子用劲，于是我就把劲儿挪到肚皮上了。

还有一部分劲儿挪到了胳膊上，因此每一场排练下来，胳膊累得抬都抬不起来。

总之说的是打瞌睡——那股困劲儿，简直不给人一点点商量的余地！说来就来了，当头一棒。每当男声部那边"啊——"地齐声进行到二声部时，我也开始"啊——"地发蒙了。

第一段在男女合唱中结束。当第二段的过门以感情升华状态激烈奏响时，那股瞌睡劲儿也排山倒海、势如破竹地逼将过来。我束手无策，立刻垂下眼睑，停止一切行为，只剩嘴巴一张一合地跟着大家对口型。

女领唱出场，激越昂扬的女高音回荡在练歌大厅。这时我的第一个梦趋于尾声。微微睁开眼睛看一看教练，确定一下安全感，立刻又被汹涌而至的困意揪住脖子后领，抛向漆黑无底的悬崖。我挣扎着抓住悬崖边的最后一根救命稻草……但稻草毕竟只是稻草，加之上面又被当头狠踹了一脚，瞬间彻底坠入了意识的深渊。

深沉睡眠只维持了十秒到十五秒钟。男女声开始共同附和女领唱的二声部时，睡眠尽头出现了一丝微弱的曙光。第二个梦的情节仍进行得如火如荼。梦的内容好像是在洗苹果,洗完一个又一个洗完一个又一个……第三段的过门奏响了,如同在记忆中被奏响。苹果还在不慌不忙地洗着,一个苹果红一些,还有一个不太红。这时,女声的一声部压倒了男声的二声部,我边洗苹果边清晰地分辨着男声那边出现的细微差错,一个同志又跑调了。顷刻间男女声开始齐合尾声,女声323起,男声171起,很好,完美无缺。架子鼓黑管小号电子琴等一切配乐逼到近旁,震耳欲聋。我睁开眼,精神焕发地"啊"出最后一个音符,响亮干脆地结束了此曲。

总指挥冯老师划出最后一个休止动作,赞许地看了我一眼。

2006 年

卖猪肉的女儿

今天外婆想吃猪手,我去买猪手的时候,得知猪肉店老板娘刚刚在两个小时之前接到电话,被告知自己家乡的老父亲在今天清晨自杀了。

老板娘一边熟练地给我剁猪手,一边诉说事情的经过,不时停下来流泪。

实际上,四川新疆相隔万里,详细的经过她怎么能知道?只能反复强调:"太突然,实在太突然了……"据说,她父亲一大早像往常一样摸黑起床,给孙子做了早饭。目送孩子背着书包上学离开之后,返回屋子,悬梁上吊。

"啊怎么会这样?"

"老糊涂了!"

"但为什么要这样做?"

"因为糊涂了!"

"总得有个原因吧?"

"没有原因,就是老糊涂了!老得啥子也不晓得了!"

什么原因也没有,一个老人死于非命。他如此厌恶自己的命运。

她包好剁成块的猪手,却迟迟不递给我,又说:"现如今老家只得他一个人了,二道(以后)哪个谨佑(服侍)他?讲呷好几道,喊他来新疆硬是不来。我们回去接他来他都不来。老家还有啥子嘛?我们在这边生意做呷这么久,又哪们回去得到了?在新疆,有吃哩,有穿哩,哪点不好?我们都来呷这么久了,哪们不习惯?老家有啥子好哩呢?就他那么一个人,也不晓得一天到黑守到起哪样……"

我这才有点明白怎么回事。

当年我们决定离开四川来到新疆的时候,外婆的事情就很让人发愁。她当年已经八十多岁了,死活也不愿意离开故乡。但若是不和我们一起走的话又有什么办法呢?在我们家乡,已经没什么亲人了。从我大外公算起,我们家在新疆已经生活了三代。我妈妈更是从小在新疆长大,跟着周围人说满口的河南话,竟然一句家乡话也不会说。

外婆五十岁来过新疆,早年也在新疆生活了二十年,若不是因老外婆——她的养母瘫痪了，她于七十多岁那年又回到了四川服侍更老的老人，说不定也会在新疆扎根呢。她一生南下北上、往返无数，这把年纪，该消停消停了。可是，我们却令她在耄耋之年仍不能过上安稳的生活。

无论如何，不能把外婆一个人留在家乡。于是我们生拉硬拽，硬把老人家带到了新疆。这一离开，怕是永远都回不去了！出发前，她所在的民间佛教协会的老人们纷纷来找她合影留念，所有人都已经把这次分别当作死亡一样的永别了！

外婆是多么不愿意离开啊！她的坟墓也修好了，棺材十多年前就准备妥当，一直停在祖屋的堂屋里。寿衣寿帽无论走到哪里都随身带着。做好这一切准备后，她的整个生命从容了下来，再也无所惧怕似的。

和许多地方的习俗一样，我们家乡的老人到了一定的年纪后，也开始为自己准备后事。买棺材，做寿衣，选坟地，刻墓碑。这并不是什么不吉利的事情，同时也能为后代减少麻烦，万一自己哪一天突然谢世，不至于让晚辈措手不及，处理不当。

可是，外婆安排好自己的后事后，整个人生却突然被改变。一切被打乱，她远远离开自己的坟山和棺木，一无所有地去到新疆。她被迫放弃一切，远远不知该如何重新开始。

眼前的这个卖猪肉的老板娘,早年一定是为生活所迫,来到新疆打拼。渐渐地终于能够安身立命了。如今,不但自己生活了下来,还给后代创造了稳定的生活。

可是她的父亲却做不到。这个一生都不曾离开过故乡、不曾离开过童年的老人,一定是倔强而柔弱的。他临死前的最后一晚,一定愁肠百结。他又一次披衣下床,推门出去。踩在熟悉的田埂上,默念着蚕豆该下地了。又想到儿女们一遍紧似一遍的催促,想到自己年近七旬仍然未知的命运,便暗暗下了决定。

更早些的时候,每当他扛着农具走在乡坝里,迎面前来的人问:"你的女娃子在哪哩?硬是好多年没见了嗦!"

他笑着回答:"在新疆卖猪肉。"

又有人问:"你哪么又不去新疆哩?"

"我哪么要去新疆?"

"新疆好得很嚷!"

"新疆哪点好么?"

一笑而过。皆无用意。

乡间的清晨雾气浓重,当他摸黑起来给小孙子做饭,想到这是自己在世上为亲人做的最后一件事情,该是多么矛盾、心疼啊!他明知这一生还有许许多多的早饭要做,却硬生生就此了断了……

    我至今仍不能体会何为"背井离乡"。但我与一个有着故乡的老人生活了那么多年，与她一同流浪，一同刻骨感觉着无依无靠、无着无落。再面对这死者的女儿，看着她一边絮絮叨叨地哭诉，一边磨磨蹭蹭给我找零钱……好像这一刻是命中注定，让我接受了一场巨大的暗示。

    是的，我与这个卖猪肉的老板娘素不相识，但她却将自己的那么多事情，片刻之中统统倾倒于我。从此之后，再也不记得我是谁。她也顾不上我是谁了。她至亲的亲人在几个小时前死去了，但日子还是要继续过下去，猪肉还要继续卖下去。

    而我呢，拎着猪手，懵懵而紧闭地走在回家的路上。那位悬梁的老父亲的事，萦然绕怀，挥之不去。他那卖猪肉的女儿还对我说：照规矩，死者要停放三天才能发丧出殡。但有人请阴阳先生过来排算了一下，说本日出殡最吉。况且上吊自尽的人，不得停留时间太久。估算一下时间，现在已是中午，他应该已经下葬了，从此深深躺在熟悉的泥土之中，再也不会发愁离开和停留的事情。

2006 年

植 树

阿克哈拉村虽然偏远，但植树节还是要过的。到了那一天，村长亲自一家一户上门通知，要求居住在公路两边的店铺和住户在自家门前搞绿化，一家七棵树的任务，谁也跑不掉！于是大家一大早就扛着铁锹在路边挖坑。坑的规格要求是一米乘一米。这是个相当大的坑。

我妈仗着在所有人中年龄最大，总是耍赖。才挖半个坑就撂锹不干了，嚷嚷着太难挖了，并厉声质问村长为什么别人家门口的地全是沙土地，就我家门口是石头地。

其实大家门口的地面都是一样的，只不过其他人刨出石头后没吭声而已。

村长非常为难，想了又想，说："这怎么可能？这个应该很好挖嘛！来来来——"他冲着正闲围在商店门口看热闹的小伙子堆儿喊了一嗓子:"胡尔曼,你来给阿姨挖一个做示范!"

小伙子跑过来,接过锹就"吭哧吭哧"地干。到底是年轻人啊,不一会儿一个大坑就挖好了。

然后村长又转向正晒太阳的努肯:"孩子,来,再给你阿姨示范一个!"

这样一共揪到三个小家伙,解决掉了三个坑。可后来再也抓不到人了,村长只好亲自做示范,并一口气给"示范"了两个坑。

"你看,好挖得很嘛!不过,既然你认为不好挖,就给你减掉一个坑的任务吧。你就把你那剩下的半拉子坑挖好算了……"

我妈乐不可支。今年的植树节这样就算过去了。

树植好后,村里专门雇人天天浇树。据说每月给两百块钱工资。揽下这活的是个黑脸矮个子男人。他家有一台小四轮拖拉机。他每天载着大水箱去乌伦古河边装满水,再拉到路边一棵一棵地浇,相当认真。但这活必须得两个人干,于是每次他都带着一个助手,自己八岁的小儿子。

父亲驾着四轮拖拉机,"吐吐吐!"慢慢地开,小家伙拖着出水的黑色胶管在后面慢慢地走。每经过一棵树就停下来,打开水阀,给每棵树浇十几秒钟时间。他公平而郑重地对待着它们。我想，遇到特别瘦弱的树苗，他也许会多浇一会儿吧？因为他也是一个瘦小的孩子。

太阳明晃晃、热辣辣的正午时分里再没什么人愿意出门走动了。公路上只有这父子俩耐心地、缓慢地移动，好半天才浇完这段公路的一边。水没了，孩子跳上拖拉机。两人去河边拉来第二趟水，再回来浇公路另一边的树。这单调、寂静的劳动。

阿克哈拉是没有什么树的，家家户户的泥土院落里都空荡荡的。村里免费发放果树苗，不停地鼓励大家种树。我家也要了几棵李子树苗，整个夏天倒一直好好地活着，叶子稠稠的，绿油油的。到了冬天，为防止冻坏，妈妈用干草把苗杆细致地捆扎了起来。但冬天里还是冻死了。

阿克哈拉的树差不多全生长在村庄北面一公里处的乌伦古河边。乌河是这片戈壁滩上唯一的河，从西向东，最后汇入布伦托海，沿途拖曳出一脉生意盎然的狭窄绿洲。河边河心都长满成片的杂林，大多是胡杨、柳树之类。可除此之外，大地茫茫，戈壁坚硬干涸，沙漠连绵。也许这个地方并不适合树木的生长，也不适合人的生存。

没有树愿意扎根的地方，村庄的根也很难扎下吧？阿克哈拉作为在牧民半定居工程推进下新建成的一个村庄，从大地上凭空而起，不知还要等多少年，才能像一个真正的村庄那样，结结实实地生长在大地上。

无论如何，人们已经停留在这里了，家也一一落成。并且年年都在种树，年年都在努力。沿着河流两岸已经开垦出了大片的田地。除了草料，地里还种了芸豆、打瓜、玉米和葵花等经济作物。大家努力经营着这个村庄。除了义务植树外，拉铁丝网、打围墙（圈住一块块野地，防止牛羊等牲畜破坏农作物）、春天给水渠清淤等劳动统统作为义务分摊到了每家每户每个人头上。以前在喀吾图也是这样的。比如打围墙，每户人家都有十米的任务。得自己和泥巴、翻打出土坯块，然后再自己码墙。不出力就出钱。我家当然没有那个力了，只好出了两百块钱。

妈妈也想在院子里种点什么，但我家宅院地势不好，土质也差，泛着厚厚的白碱。妈妈就在院子里挖了个大坑，拉了两板车戈壁滩中的红土倒进坑里，再拌上羊粪捂了一个冬天。次年夏天便种上了蔬菜，每天都用水泵从深深的井里抽水浇灌。这一小片菜地的长势倒蛮喜人。结出来的番茄跟柚子一样大，可惜太酸。黄瓜长到手臂粗，可惜太苦。南瓜一长就长成了车轮，可惜什么味也没有。哎，水土太差！

2005 年

十个碎片

1

一九九二年的夏天,我小学毕业,收拾完课桌里最后的杂物,永远地离开校园。当我抱着一摞书走下楼梯,有几个外校的男生堵在楼梯口抽烟。我从他们中间穿过,这时突然认出了他们其中一个。

说不出是喜悦,还是为掩饰某种害怕而强装自信。或者是某种有目的的尝试?我忍不住停下来,站在他面前,对他说:"你可能忘记我了,可是我还记得你是谁。"

两秒钟后,所有人哄堂大笑,还有人别有用意地推搡他。他则显得说不出的冷漠,看也不看我一眼,狠狠地吸了一口烟,又狠狠地吐出。

我说:"田璐?"

田璐飞快地瞄我一眼,把烟头狠狠地掐了扔掉,开口说话。那声音阴阳怪气,每一个字都扭曲着模仿我:"田璐啊?你可能忘记我了啊,可是我还知道你是谁啊~"

我便在起哄声中离开了。走过五十米,泪才流出来。

——那是我第一次体会到人与人之间彻底的不能沟通。

2

一九八八年,我上小学二年级,走过长长的石板路去上学。石板路两边挤挤挨挨全是陈旧的木结构的店铺和楼阁,歪歪斜斜地承载着世世代代沉重的生活细节和巨大的火灾隐患。平时五分钟就可走完这条路,逢集时,则需半个小时。

就在那样的半小时里,我随庞大的人流蚁行在这条狭窄的青石板街道上,走走停停。我太矮,便消失了。周围那些无意中低头看了我一眼的人,会不会稍作停留,幻想一下我长大后会有的模样?……我消失了,人太多,挤得一步都不能移动。我左边的脸抵着一个坚硬的大竹篓。右边是卖耗子药的人,他高持一把十字形竹架,有一只逾尺长的硕大无比的耗子在上面滴溜溜地爬来爬去,爬上爬下,却始终不敢往下跳。那时的我一点也不怕耗子,我长时间抬头看着,耗子的尾巴很长很长。后来，人群终于松动一些，我往前挪了几步，再一次停滞下来。卖耗子药的被挤开了，和我隔着两三个人。踮起脚尖努力看的话，还能看到耗子的长尾巴晃动在人缝里。后来就再也看不到了。

我暗暗握住挤在我前面那个高个子女人的长辫子，攥得紧紧的。四周全是人，越挤越紧，越挤越紧。我一点一点往下蹲。我消失了。说不出的安全……

过了很多年，有一次我醒来，对妈妈说："我做了一个梦。"她温柔地问我梦到了什么，这时才发现她不是我妈妈。于是我什么也不肯说。

见到妈妈是后来的事了。她冲进病房，撕心裂肺地哭喊，对每一个劝阻她的人拳打脚踢，令我很替她难为情。但是我冷，一句话也说不出来，一动也不能动。空空荡荡躺在白色的病床上，牙齿抖得咔嗒作响。

直到两个礼拜之后，我才明白自己伤势多么严重。所有第一眼看到我的人都紧屏呼吸，眼里全是惊骇。我便要求妈妈给我一面镜子照照。反复请求了很多次，她才同意。镜子递过来时她非常不安，强作笑颜。

我在镜子里看到的情景……我永远也无法说出……但是最后我对着镜子笑了。

——那是我生命中第一次承受灾难。

3

还是一九八八年,事故远未发生。我放学了,奔跑着冲下数百级青苔石阶,和同学黄燕燕一路追逐、打闹。

路过干杂店,店铺门口的麻袋里盛满金黄色的松香块。我们每人都飞快地摸一小块,拔腿就跑。老板拿我们毫无办法。那毕竟只是小小的一块而已。而他还有那么多,整整两麻袋。

路过卖水哨子的地摊,我们蹲在地上慢慢地看,有鸭子形状的,有花瓶形状的,堆了一地。摊主满怀希望地给我们做示范,教我们怎样把它吹响,希望我们能一人买走一个。

但是我们没有钱,便一人偷走一个。

那种口哨小小的,偷走是很容易的事情。但是偷回家却玩不了多久,因为是蜡做的,很快就吹坏了。

后来妈妈从新疆回来看我,带我上街玩。路过水哨子地摊时,我也帮她偷了一只。离开地摊很远了才高兴地拿给她看。她神色大变,惊慌地说:"你,怎么能这样?!"此后一路上,她神情陌生而冷淡。

她当时是非常吃惊的,而我也为之着实吃了一惊。

之前我一直都知道"偷东西"是"不对"的事,因为老师经常这么说。却不明白"不对"这个东西到底为何物,以及界线问题。

——那是我第一次朦胧地懂得了什么叫"可耻",明白了"可耻"和"羞愧"意味着什么。

4

仍然是一九八八年,仍然是妈妈回四川看我的那些日子。妈妈问我想要什么,我说了很多很多,从煮鸡蛋的小锅子到陆战棋,从鲶鱼风筝到肉馅锅盔,还有排骨面、洗衣机、毛主席像章、大头针、大理石砚盒、香炉和高跟鞋。

但她笑着说:"不行,只能要一样。"

这实在令人苦恼。我挣扎了很久,逐一淘汰,最后就剩下了一条裙子。

她问:"什么样的裙子?"

于是我们出门。我带她在街市一角找到那条黄白两色相间的小花裙(之前和黄燕燕每天放学路过这里都会停下来对其指指点点一番),并眼睁睁看她掏钱将其买了下来。

——那是我生命中第一次美梦成真。

而在此之前,"你想要什么呢?"——这样的问题,我被问得太多了!大都是被黄燕燕问的,然后我就如数家珍地报出长长一串物什。

接下来轮到我来问她:"那你呢,你又想要什么?"

她想要的比我更多,甚至连水牛和楼房这样的庞然大物也能想得到。

接下来我们就将各自的清单加以对比,互通有无。

"你想要什么?"——是的,这只是个游戏。我们放了学总是不回家,长时间流连在街道口的百货公司里。两张脸紧贴在柜台玻璃上,从柜台这头一一看到那头:"我想要这个!还有这个……"

每节柜台里的商品,不管是三联收据单还是哑铃,十之八九都被我们攘于麾下,反正又不用真的花钱,只是"想"而已。"想",能够很轻松盛放下无限的内容。相比之下,百货公司里的那点东西哪里能够!黄燕燕还想要仙女头上戴的珠花,我还想要能飞上天的小型飞行器呢。

那时候,我们所能拥有的东西,都是被大人们安排的。而这安排与我们自身的意愿毫无关系。比如说某一天大人突然拿出一个铅笔盒交给我们——真是令人一头雾水。虽然我们知道铅笔盒是用来装铅笔的,却实在不明白大人为什么会突然这样做。

而且,即使已经给我们了,也不能真正地属于我们。比如说某天我擅自将铅笔盒送给黄燕燕的话,回家肯定会挨一顿打。

"你想要什么?"

——一九八八年,我第一次划清想象和现实的界线。而这只是因为:我第一次发现原来我可以过我所希望的生活……这样的解释似乎说不通,但我确信的确如此。我的确发现了两者之间深深隐蔽着的强大的联系物。一九八八年之后,我再也不是孩子了。

5

再跳到一九九二年,我小学毕业,那个暑期因为没有暑假作业而漫长无边。

黄燕燕搬家了。幸好在她搬家之前,我又认识了一个新朋友。我一次次地跑去找她玩,站在她家阳台下喊她下楼。但她总是探出头来说她在学习,不能出来。

她真的和黄燕燕一点儿也不一样。她是我们学校老师的孩子,功课好,人漂亮,温柔又礼貌。我从不曾有过这样的朋友,便非常地为之光荣。

但是后来我忘记了她的名字。虽然我曾一次又一次地大声呼喊过这个名字,使之一遍又一遍地回响在寂静空荡的校园里……我不停地喊,第一次发现没有人的校园,真的是一个人也没有。

我笔直地站在教师家属楼下,仰着头久久等待。所有的窗子都静悄悄的,窗台上的花也静得停止了生长。操场上的黄桷树更是静得像是印在照片上的一样。知了的鸣唱时强时弱,一阵一阵在头顶盘旋。烈日当头。她为什么不在家?

我一个人在校园里游荡,假想世界上的人全消失了,只剩下了我。又假想自己上学迟到了,所有人都在教室坐着。

后来我蹲在操场上拔了一会儿草,又趴在大礼堂前的台阶上观察蚂蚁回家的路线。再后来我捉到了一只瘦小的蝈蝈,想到可以用来送给她,十分高兴。但是接着又捉到一只螳螂,就把蝈蝈放了。

我从衣角上拽下一截线头,系在螳螂肚子上。后来又捡了一张小纸片,也用线头缚在它身上。

笔则很难找,但最后居然还是捡到了,是一小截铅笔头。运气真是太好了。我用笔在纸上认真地写下她的名字。想了想,又在名字后添了个"的"字。

我口袋揣着螳螂,去阅报栏处看报纸。上面的报纸已经有一个月没有更新了,校工也放假了。一切停止,这世界上的一切是我的。我自由自在地看报纸,看完这一面,转到那一面看,边看边努力地理解上面的意思。

所有报纸的所有内容全看完后,校园更加安静了。更加陈旧了。

我最后一次去教师家属楼下喊了几嗓子。把螳螂放在楼下天井里,拨正它背上系着的纸条,然后离开了校园。

从那以后我就忘记了她的名字。她的名字被一只螳螂负载身上,在世间流浪,不知现在成了什么模样。

6

我十二岁时爱上了邻居家的男孩。在小学的最后一次假期里,每天都花很多时间跟踪他。

傍晚,他吃过饭就出门了。我跟着他走过闷热拥挤的街巷,出了北门外又继续向东走,一直走到环城路上。后来又经过城郊的绸缎厂、酒厂,经过一片又一片的稻田、油菜地、红苕地。又走上一条两侧生长着桑树的田埂,走进一片阴暗的竹林,翻过一座长满马尾松的山坡。

山路永无止境,傍晚如此漫长,天空晴朗。我远远地跟着,他头也不回。有好几次我以为他已经知道我在后面了,以为他故意要把我引去什么神秘的地方。我做梦一样地毫不犹豫。

——截止到十二岁,那是我脚步所到达的最远的地方。而那个黄昏,则是记忆中最漫长的一个黄昏。时间静止不动,树木静止不动。我无法停止。

我无法停止。但后来不得不开始考虑回去的事……我还能不能在天黑透之前回到家?还能不能找到回去的路?还需不需要回去了?

他在前面头也不回地走,每到山路拐角处就会消失。我匆忙赶上去,又看到他在不远处另一个山路拐角处即将消失。我们经过山路边的一户农家,踩上他家门前青石板铺成的晒坝。看到一窝小鸡藏在丝瓜藤下。没有人。我们又穿过一片浓密的青冈木树林,林间四处洒落着坚硬的、拇指大小的青冈子。我匆忙拾起几颗揣进口袋,又接着往前走。

前面的院落渐渐多了,远远地看到一处乡村集市模样的地方。在岔路口,他走上通向集市的小路。我紧跟着,心中满是激情和勇气,从来不曾感觉到脚下布鞋如此柔软可亲。我浑身汗水淋淋,短裤和背心紧贴在身上,四肢明亮。快速走动时带动的风丝丝触动皮肤,又倏地钻进去。于是身体深处到处都是纤细的风在游动。

走进集市,狭窄街巷两边的店铺参差不齐,沿坡势上升。店铺老板们都在沉默着装门板,一条一条陈旧光滑的木板慢慢竖起,渐渐完全遮住了门窗。等穿过这条深窄的街巷,回头看,所有的店铺正好全部竖完了门板。这个集市熄灭了。青石板的台阶路空荡荡。

但我们仍不能停止。我们继续爬山,翻过崖口,又绕过一个山头。走着走着,他突然消失了!我独自往前走了一段路,转过几个弯,仍然看不到他。

我在原地站了好一会儿。下临深谷,松涛滚滚,稻浪起伏,天空流云西逝。我迷路了。

我开始转身往高处爬,开始想念外婆,开始考虑要不要找个人问路。天色明显暗了,闷热了一天的气温瞬间降低,风鼓起我的背心。我站在坡顶,手揣在短裤口袋里,紧紧地攥着那几颗坚硬的青冈子,手心硌得发疼。脚下农田密布,田埂路千头万绪。

身后却异样安静。我猛地一回头——

水!

……

我第一次看到如此大面积的水域。那是县城的水库。我无数次听说,却第一次来到。胸膛里第一次打开了一扇广阔、激情的窗子。

7

我十二岁的那个夏天,每隔几天,就会有"水库又淹死一个孩子"的传闻散布过来。家家户户都紧盯着自己假期中的孩子,骂了又骂,不许跑远。后来,我一个人经常悄悄去水库游泳的事终于被外婆知道了。外婆冲回家,随手捞起一根四五米长、手臂粗的晾衣竹竿,向我冲来。顿时四周一片惊呼声。我跑得飞快,跑过两条街仍停不下来。

后来的日子里我开始想念黄燕燕。我偷偷去找她,但又不知去哪里找,便在街上一圈一圈地转。每半个小时回家一趟,让外婆看一看其实我没跑远。

我拾到一个坏掉的胸针,细心拆下上面的小珠子。

隔壁周叔叔是扫大街的,他家门口竖了许多大大的竹扫帚,我悄悄折了一截指头粗的竹管。又翻出冬天的棉袄,拆下三枚小黑扣:一枚用来当帽子,剩下两枚当鞋子。材料齐全了。接下来我用小刀削了大半天,做成了一个牵动绳子就可以简单活动的小木偶。有头有身子有胳膊有腿,并用铅笔仔细地画出眼睛和嘴巴。

外婆是拾破烂的。我从她的废纸堆里东翻西翻,找到一张画历纸,上面印着漂亮的木头房子。我用剪刀把房子整齐地剪下来。

所有这些：小珠子、木偶、画片——我用一张完整的香烟锡箔纸将它们包起来，上面写着："给黄燕燕的。"然后再将这个锡纸包放进一只扁平的、装过针剂的医药盒。医药盒也来自外婆的破烂堆。最后想了想，又在纸盒的空白处写了一句："给黄燕燕的。"

我喜悦地准备了这样一份礼物，怀揣着它，一个人在大街上来来回回地走。夏天寂寞又漫长。最后又回到家里，走过阴暗的巷子，走进安静的天井。阴沟生满苔藓。鲜艳的红鲤鱼一动不动地静止在漆黑的井水里。

又过了很多年，我找到了黄燕燕。但那时我双手空空，站在那里不知该如何靠近她。她在集市一角摆了一个卖凉粉的小摊，生意冷清。她坐在那里，架着长腿独自微笑着，穿着大人的衣服，身材高挑，腰肢细窄，成为我永远也想象不到的大姑娘的情形了！我走近了，看到她脸上抹着香喷喷的蜜粉，脖子上却厚厚的一层黑色垢甲。感到心中无限悲伤。

8

我第一次下水的情景：

我套着窄窄小小的硬泡沫泳圈，慢慢地走下水库大坝的斜坡,踩进水中。这泳圈是我抵押了自己的连衣裙才租到的。我心里一直惦记着我的连衣裙,它此时正躺在出租泳圈处的一只大竹筐里。太阳烈毒,水边没有一棵树,没有一个人。

后来我才知道,没人会在炎热的正午时分去游泳。直到太阳西斜,气温降下来时大家才开始出门往水库慢慢地走去。

我孤独地站在浅水里,太阳晒得皮肤发疼。很久后,才鼓起勇气蹲了下去,肚子浸在水中。

我蹲着,慢慢往深水处挪动,水里泥沙腾起,我小心避让。水越来越深,无法保持平衡的感觉也越来越清晰。这是从来不曾有过的体验。水波的荡漾竟是那么有力,我随之左右摇晃不止。我感觉到下巴和脖颈被水光反射得异常明亮。我手指紧抠着肋下的泳圈,脚趾抠着一块滑腻的生满苔藓的石头,努力矫正倾斜。

但是突然脚下一滑,身子一空,猛地沉了下去!

我轻轻地"啊"出了一声,这声音迅速消失在口腔。身子下沉,不停地沉,不停地沉,不停地沉。泳圈向上浮的力如此微弱,无法依赖。不停地沉,不停地沉……我张着嘴,想要喊叫。但是看到堤坝上有人远远地走过来,他们边走边高兴地说着什么。我多么渴望他们注意到这边……突然间竟如此强烈地羡慕他们,又似乎心怀恨意。他们是平安的,他们在水之外。我想喊"救命",差点就要喊出声来了!前所未有的惧怕降临到意识正中央,但心中仍有奇异的平静,仍有奇异的希望。我又轻轻地"啊"着,到底还是没有喊出声来。仍在不停地沉,不停地沉……像是迅速下沉,又像是极缓慢地下沉……沉到脖子了,沉到嘴巴了,泳圈完全浸在水深处,泳圈毫无用处。我心跳如鼓,一切所能感知到的声响统统放大,迫向耳际。我边倾斜边下沉……后来我低下头,脸埋在水里,看到自己淡黄色泳衣上印着粉红色的小花。看到一群五彩斑斓的凤尾鱼绕着我的身子和手臂,一圈又一圈柔曼悠扬地游动,晃着长长的尾巴。看到它们尾巴的颜色由宝石蓝向深桃红灿烂地过渡。这些美丽的尾巴不时温柔地触着我的肌肤。

9

关于我的泳衣:

泳衣是在街头摆地摊的老太太那买的。花花绿绿一大片,和鞋垫袜子堆在一起。五块钱一件,每一件都很漂亮。

我手心攥着钱,远远地看了又看,并来回走动,不停地装作正好经过那个摊子。有人会看出我是一个要买泳衣的人吗?就算是我在地摊前一站,拿起泳衣一件一件挨个翻看也不像。于是我便往那里一站,拿起鞋垫子一双一双地挨个看,反复询问大小和价钱。然后出其不意，飞快地掏出五块钱买下了泳衣。

那时的我已经有钱了，妈妈刚从新疆寄来了钱。那是我第一次拥有零花钱，第一次能够花钱买下自己想要的东西。第一次感觉生命从容不迫。花钱的时候却总是表现得慌里慌张。买泳衣有那么难为情吗？

买下泳衣后我赶紧塞在口袋里，欢乐地离开。回到家，爬上床，放下厚重的蓝色粗麻蚊帐，才取出来仔细地看，并试穿了一下。那是一件普通的儿童泳衣，棉布的，内侧绷了许多细细的松紧带，布满了小泡泡，富于弹性。有两根长长的带子从背后交叉着绕到胸前并在那里打了结儿。颜色是淡黄色，印着粉红色小花。我抚摸着它，像是抚摸我心中凝结的珍珠。

10

有关我的连衣裙：

那是妈妈从新疆寄来的一条蓝色针织面料的长裙子，上面有银色的月亮和星星的图案，没有袖子。其实，本来是条极短的短裙，裙摆像花朵一样蓬松地簇作一团，里面绷了很多细松紧带。我从没穿过这种奇怪的裙子，也从没见其他同学穿过。便擅自做了改动，把那些松紧带仔细拆了，使裙摆完全垂下来，一直垂到脚踝。

十二岁的孩子不应该穿这样的长裙，穿不合适会显得邋遢，穿合适了又让人瞧出虚荣和做作。更何况穿的人又总是顶着乱蓬蓬的长头发。于是一穿这条裙子，就挨外婆的骂。但我还是坚持穿着，因为它是我当时唯一的裙子。

其实我自己也并不觉得这条裙子有多好看。直到我第一次去水库游泳之后。

当时我不知道该怎么租泳圈，便仔细地观察别人的举动。我看到有一个女孩对老板说："我把衣服押在这里行不行？"

老板说："不行，要押五块钱。"

轮到了我，我正想交押金。但是老板看了我的裙子一眼，却说："要是没钱的话就把裙子押在这里吧……"

那天傍晚，我还了泳圈，赎回蓝色长裙，裹在身上独自穿过田野，翻过山坡，往城里走去。一切都不一样了。原来我的裙子竟是漂亮的。

2005 年

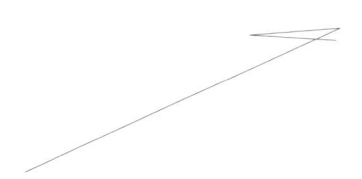

第 一 次 发 现
原 来 我 可 以 过
我 所 希 望 的 生 活

古 老 的 心 灵

仍然耐心地走在
命运的道路上

日　子　稳　稳　当　当　地　暗　自　膨　胀

旷野里的土拨鼠

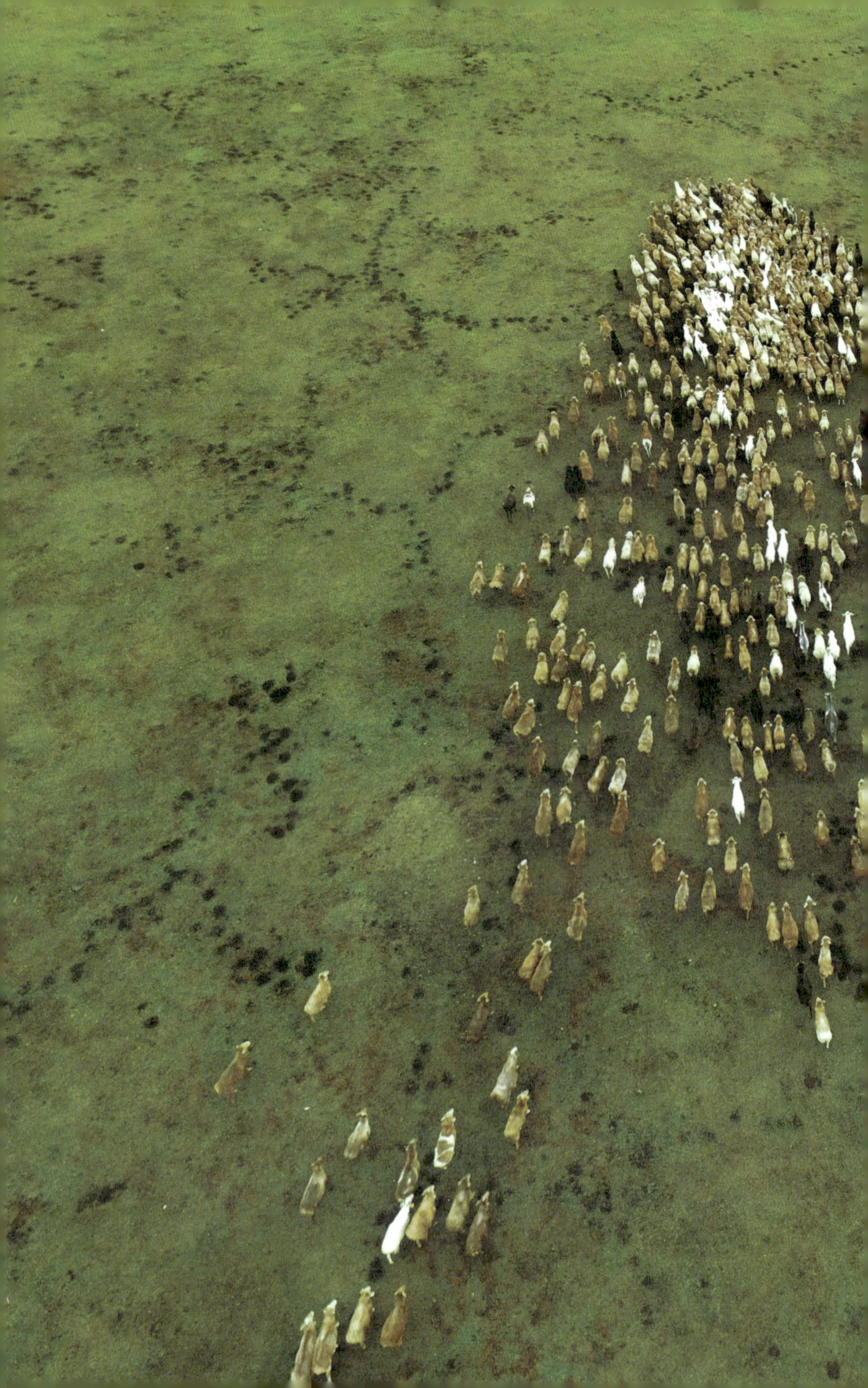

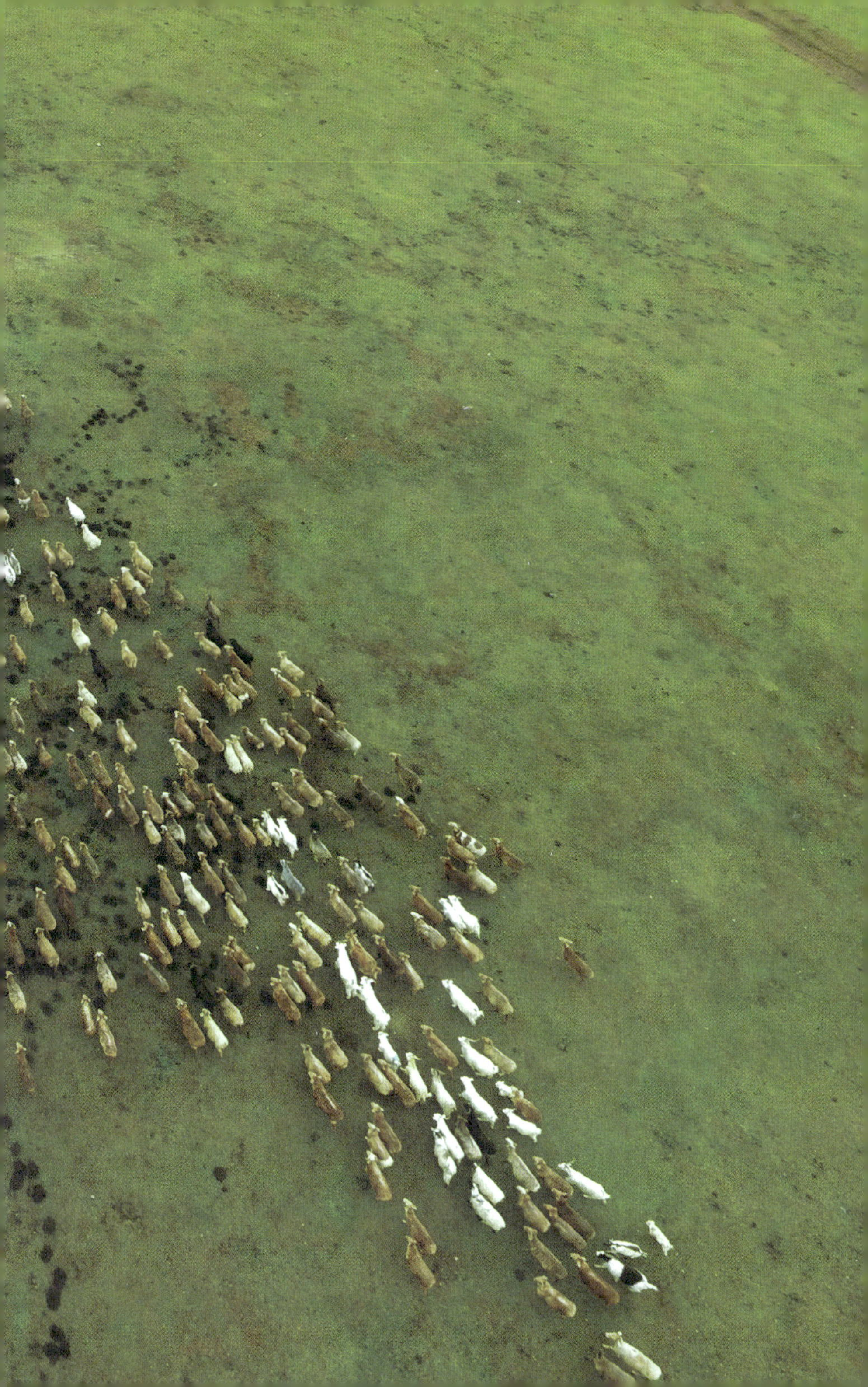

木头房子寂静地
等候在天空之下

夏天开始了

下　篇

时　间　森　林

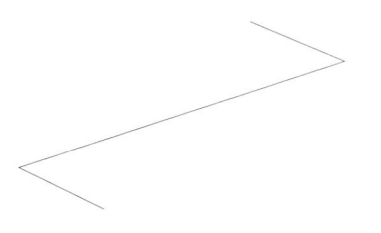

好像全世界的白天

就是我的抬起头来

全世界的黑夜

就是我的转过身去

我梦想像杰瑞那样生活

看《猫和老鼠》时,每当看到杰瑞鼠小小的家,小小的拱形门,门边彩色的脚垫,破茶杯的沙发,四根火柴棍撑起小纸盒就是床(有时会是铁皮罐头盒),线轴的凳子,铅笔的衣架,还有小小的圆地毯,小小的落地灯……就饥渴地向往不已。对自己说:是的,那就是我想要的!

租房子当然也能生活。但是,从没长期租过房子的人,不会明白租房的不便与无望。似乎在这个国家,很难找到一个房子能让你安心租用一辈子。房东随时可涨租,随时可通知你搬家。住在租来的房间里,什么都是暂时的,心不能安定,生活只能凑合。在租来的房间里,生活的目标就是下一次搬家。为此,不敢买大件的家具,不敢买易碎的物品。不敢太沉重。租来的生活,轻飘飘的,像大海失去了定海神针。

连杰瑞都有自己坚固不变的家！虽然它的家只是在别人的家里开凿出来的一洞小小空间。每当我看到杰瑞坐在破茶杯的沙发里安详地看报纸，就满心强烈的攫夺欲啊……

大房子就罢了。一间小小的房间对我来说就足够。况且房子小也不会很贵。光线一定要明亮，布置要简单。家中唯一的装饰品是窗帘的花边。房间正中放一张软软的床，角落一只衣柜，对面一面镜子。窗户前要有空空的桌子，桌上一只大大的青花瓷碗，碗里游一尾红金鱼。就足够。

到了那时，我就哪儿也不去，天天窝在房子里，躺在床上回想往事，再像回想往事一样回想未来。那光景说起来似乎很无聊，但只有自己才能体会其中深沉汹涌的幸福感。

2010 年

菟丝花

我五岁的时候,体重只有十一公斤半,还不及八个月大的婴儿重。我都上小学三年级了,还在穿四岁小孩的童鞋。妈妈虽然为此非常担忧,但多多少少也满意这个分量。

她说:"你要是永远都那么小就好了,从来不让人操心。上火车只需轻轻一拎,轻轻松松,想去哪儿就去哪儿。很多时候根本意识不到身边还带着一个人。整天也不说话,静悄悄的。给个小凳儿就可以坐半天一动不动。困了倒头就睡,睡醒了继续坐那里一动不动。"

妈妈,妈妈,我只是为了配合你的流浪,才那样地瘦小。我为了配合你四处漂泊,才安静无声。

但是后来我长大了,越来越沉重,令你终于停止下来了。你停止了。我却再也停不下来了。妈妈,妈妈,至今你还不曾习惯我此刻的分量,但仍负荷着我,像我曾经一动不动那样地,一动不动。

2009 年

夏天是人的房子，冬天是熊的房子

在吾塞，一场又一场漫长的下午时光，我们在森林之巅的小木屋中喝茶。雪白的羊油舀进滚烫的黑茶，坚硬的干面包被用力掰碎，泡进茶水。泡软了之后，锡勺搅在碗里，慢慢舀啊舀啊，一口口吃掉。那么安静。风经过森林，像巨大的灵魂经过森林。森林在敞开的木门之外，在视平线的下方。从小木屋里看出去，天空占据了世界的三分之二，它的蓝色光滑而坚硬。这时，斯马胡力说："这个木头房子嘛，夏天嘛，是人的，冬天嘛，是熊的。"

六月，我们来到这里。我们的驼队穿过森林，一路向上，向上，缓慢沉重地走着无穷无尽的"之"字。终于来到这最高处，这高山的顶端，林海中的孤岛。夏天开始了！北上转场之路的最后一站到了！我下了马，徒步走完最后的一段路，眩晕地来到山顶,看到去年的木头房子寂静地等候在山路尽头、天空之下。夏天开始了。

斯马胡力把被大雪压塌的屋顶修好,换掉压断的柱子。女孩子们七手八脚打扫地面,支起火炉,在地上铺开花毡,墙上挂好绣着金线银线的黑色盐袋、茶叶袋。卡西去远处山脚下的沼泽里打来清水,引燃炉火烧茶。夏天开始了。

夏天里,大棕熊又在哪里呢?哪怕站在最高的山顶四面眺望,也看不到它们的踪影。卡西带我去森林深处拾柴禾。她指着路过的山峰阴面的岩石缝隙说:"看那里!那是熊的房子!"我爬上去,侧着身子凑向缝隙里的暗处,里面有巨大的哑默。大棕熊不在那里了,它童年生活的依稀微光还在那里。

我们生活在夏天里,大棕熊生活在冬天里。永远不能在森林中走着走着,就迎面遇到。后来时间到了,我们离开了吾塞。这时,遥远地方的一棵落叶松下,大棕熊突然感觉到了冬天。它爬上最高的山,目送我们的驼队蜿蜒南去。冬天开始了!

是啊,大棕熊,我们的木头房子夏天是给人住的,冬天是给你住的。我们用一整个夏天来温暖木屋,然后全都留给你。大棕熊,我们铺了厚厚松针和干苔藓的床给你,整整齐齐的门框给你,结实的、开满白色花朵的屋顶给你。你在寒冷的日子里吃得饱饱的,循着去年的记忆找到这里,绕着房子走一圈,找到门。你拱开门进去——多么安逸的角落啊,你倒头就睡。雪越下越大，永远也不会有一行脚印通向你的睡眠。雪越下越大，我们的木屋都被埋没了！你像是睡在深深的海底……大棕熊，你的皮毛多么温暖啊，你的身子深处一定烫烫的。北风呜呜地吹，你像是深深地钉在冬天里的一枚钉子。你在自己的睡梦中，大大地睁着美丽的眼睛。

夏天是人的房子，冬天是熊的房子。两场故事明明是分头进行的，生活里却处处都是你的气息。大棕熊，我们睡着的时候，你也在身旁温暖地卧着；我们走在路上，你和我们不时地擦肩而过；我们跪在沼泽边，俯身凑上脸庞饮水时，看到了你的倒影。大棕熊，在吾塞的浩茫群山间，你在哪个角落里静静地穿行呢？浑身挂满了花瓣，湿漉漉的脚掌留下一串转瞬即逝的湿脚印。大棕熊，我想把我的红色外套挂在森林中，让它去等待你的经过，让它最终和你相遇。第二年的夏天，我去寻找我的红外套，直到迷路的时候才看到它。那时它仍高高地、宁静地挂在那里……大棕熊，我快要流下泪来！我想把我的红外套挂在森林里，想和你并肩站立，一同抬头久久望着它。大棕熊再见！在阿尔泰茫茫群山中，围绕着我们群山之巅的木头房子，让我们就这样，一年一年，平安地，幸福地，生活下去吧！

2008 年

超市梦想·超市精灵

我非常喜欢逛超市。每搬到一个新地方,就迫不及待地打听最近的超市在哪里,然后前去考察。彻底熟悉当地的超市之后,才能安心生活在那里。

为什么会喜欢超市呢?三言两语也解释不清。总之,只要一走进超市——啊!这么大!这么多东西!塞得这么满啊?若是一个不落地看过去的话,得花多少时间啊?!……就满心地欢乐,气球"噗"地吹大了,身心立刻飘升至完美无缺的幸福状态……尽管此种心态解释不清,但当时那种幸福感的确存在,不容忽视。

在超市的所有商品里,我最最喜欢的是香皂盒。至于为什么,同样三言两语说不清楚。如果一定要有一个原因,只好回答:因为香皂盒能装香皂。

有人不屑地说：那锅还能煮粥呢。

是啊。但偏偏就对锅喜欢不起来。

没有一个地方，能够像超市那样，让那么多不同的香皂盒同时出现在一起，形形色色，红红绿绿，从货架第一层一直码到第五层，"呼啦啦！"横贯整排架子，如拉拉队锣鼓喧天地夹道两旁。站在它们面前，像童年的爱丽丝站在梦境的入口前，像皮皮鲁站在直插云霄的魔方大厦下。信手取下其中一个小盒子，像从经过的苹果树上摘下一枚熟得恰到好处的果子。打开盒子，再盖上，再打开，再盖上。捏一捏，敲一敲。放回去，研究一下价格。再伸手摘取下一枚丰盈圆满的果子——普天之下真是再也没有比这更愉快的事情啦！

嗯，为什么非要喜欢香皂盒呢……那是我的秘密，总有一天，会慢慢告诉你。

除了香皂盒以外，最喜欢的超市商品是雨伞，袜子和拖鞋则并列第三。

大约因为太喜欢超市了，自己身上也不由得弥漫着超市特有的气质。好几次出现在超市里，往那儿一站，就有人招呼我过去，问我："这款炊具你们仓库里还有没有未拆封的？"

在很多年的时光里，我的梦想就是能够在一家大型超市里打工。耐心地，用心地把小山似的一堆堆商品分门别类摆得整整齐齐、一目了然。要是有人问我：什么什么东西在什么地方啊？我立刻热情洋溢指给他看。我会对每一样商品的价格与性能了然于胸。我能帮助顾客们进行选择，确定自己真正所需的商品。那时，我一生所能有的最最强烈的成就感差不多也就这样了吧？

在超市里做个保洁员也不错啊。推着宽宽的墩布车，不停地走来走去，经过的地方留下一溜儿又一溜儿的洁白，令所有从那一溜洁白中经过并且留下大脚丫子印的顾客或多或少地心生愧意。另外，洗墩布也是极富成就感的劳动。把这团脏兮兮的庞然大物丢在水池里冲啊冲啊，拧啊拧啊，奋力拼搏。脏水哗啦啦流走，拧出来的干净墩布再次投入使用时简直所向无敌。

当个收银员也不错，要是由我来干，绝对是最麻利的一个。月月都是优秀员工，照片一直贴在超市入口处的荣誉榜上撤不下来。与其他拖拖拉拉地刷码、收款、找零的同事相比，顾客们更乐意在我的通道里排队。

客服部的岗位也不错。服务台外飞舞着一大片购物清单，还有一大片七嘴八舌的嚷嚷声："喂！我没买黄鱼罐头，凭什么给我刷了两罐？""不是说购物满一百元送一袋洗衣粉么？""这砂锅什么质量啊，才煮一次就裂这么长一道缝，你看你看……""还没出门袋子就漏啦，给重新包装一下吧!"……而我站在风暴的中心,刀枪不入百毒不侵地微笑着,像洗干净一只一只的脏盘子那样,解决一个又一个的问题。很快,乱七八糟的脏盘子摞得整整齐齐,雪白锃亮地在传送带上徐徐远去。人们气势汹汹而来,风平浪静而去。

……

为了这个梦想,我去应聘过很多次。但每个超市都说暂时不要人了。还都答应我,如果缺人手时一定会和我联系。但我留了电话后,一直等到现在都没音信。

然后说超市精灵——

见到她大约是一年前的冬天,当时正在超市排队付款。

真是没法不注意到那个漂亮的收银员啊,十八九岁的样子,神情非常孩子气。噘着胖嘟嘟的小嘴紧张严肃地扫条码,十指飞舞,手忙脚乱。队伍移动得极慢,我目不转睛地盯着她。睫毛又长又翘,鬈发扎成马尾规规矩矩垂在脑后。似乎没什么特别之处。但离得越近,身边越是嘈杂喧哗,便越不由自主地沉静于她的容貌之中,然后突然被一把带走……实在不可思议啊。像是在一个又空又静的房间里站了许久,心有所动,便走过去推开窗,一下子看到外面的湖泊和草原……我盯着她看了又看。大约经常做发型的关系,她的发质很糟糕,还染了有些脏的淡黄色,显得很粗俗。但在她身上,连"粗俗"这种东西都是青春之河哗啦啦奔淌的开阔河床。青春之河哗啦啦通体奔淌,一板一眼的超市制服如山洪暴发时岌岌可危的水库堤坝,这边堵了那边塌。而青春之河摧枯拉朽,势不可挡。她手指甲上斑驳碎裂的黑色指甲油正是那种力量挣破栅栏、哗然喷薄的迹象。剪得秃秃的指甲缝里眼看就要伸出枝条,吐出叶片。十指灵巧,手指周围的空气颤动不已,气流滚滚,无形的蝴蝶群在其中上下翻飞,努力想要稳住身形……她皱着眉头"啪!"地推上收银盒,捏着零钱"唰!"地撕下长长的清单,嘴巴越噘越高。连紧张和焦虑看起来都那么明澈清朗、勇直无畏。

那么,除了"精灵"二字,实在不知道该如何定义她了。像是一个早已知道了人生后来会发生的一切,却仍心甘情愿再亲历一遍的孩子。一面生存,一面无所谓地飞翔。在千重万重商品深处,在欲求的海洋中——黑暗地沉在最深处的,闪亮地浮在最表面的——在这人间铺天盖地的生存细节间最微渺的缝隙里。在所有所有的,世上最复杂深沉的心思与最艰难的交流里……

说了这么多,那么超市梦想和超市精灵之间有没有什么联系呢?嘿,我也不知道。一个人在弥留之际忽地恍然大悟,于是安心死去——谁又能猜他想到了什么呢?没有答案的故事最动人。让它们仅仅只是并排平放在人生之中吧。是的是的，我喜欢超市，其原因像一条长河，上溯千百万年才能找到其源头。而我，才只活了几十年而已。

2007 年

在网络里静静地做一件事情

我很喜欢的一个网友,是一个开淘宝小店卖布料的女孩子。她从不正式地发布自己的文字,但她拍卖布料的介绍语写得美好无比。为了表达对她的喜爱,我买了她好几块布。但是,我不认识她,从未与她聊过天,从没交谈过一句话。买卖的过程中,也从没有讨价还价。打款过去,等着收货。甚至忘了寄来的包裹上是不是有着与文字同样神奇的笔迹。

不敢和她说话,怕打扰到她。一定会的。面对她那个世界,只能静静旁观,轻轻说一句话都是破坏。所有缘分仅此为止,再进一步就是掠取。

忘了怎么在密密麻麻的淘宝卖家里找到她的。如今再不买布了,也再没有联系的必要了。但就是忘不了,一点儿也忘不了。有时几乎要恼恨了,为什么偏就忘不了呢?我又不认识她。

她的店里很少进新货,来来去去就那几块布,被她以文字描述得深不见底,华美异常。她似乎也并不在乎卖不卖得掉,不在乎别人的留言询价。只是一个人面对那几块布,呓语一般喃喃不休。因为文字太美了,甚至有网友想领略得更多,便留言询问她有没有做博客。我也渴望她能有一个博客,能专为她自己,专为文字本身而写一写。可她不,她把全部的感觉只倾洒在这几块布上,毫不吝惜地挥霍着世间最美好动人的才华。她说:我不做博的,没有必要。

似乎不是在出售具体的商品,而是在贩卖熟女的恩宠。不是生意人操持着世俗的营生,而是女王坐镇心灵的王国。

有几个人能做到在喧嚣的网络里,在嘈杂的人世间静静地做着一件事情呢?对来者"嘘——"的一声,轻轻掩上门,熄灯而去。谁真的不在乎孤独呢?谁对这一生已经满足到完全不在乎更多的、源源涌来的爱慕和馈赠了?谁能真正做到别无所求呢?

网络,这个世间最便捷的沟通方式,为我搬移大山,分开海水,穿过荆棘和荨麻的原野,飞越空谷断崖……让我迅速离开,让我迅速抵达,让我全部展示出来,让我轻易地打开你们的眼睛。可是……我利用这个工具都得到了什么呢?

除了友谊和知识，我又真正为我自己做了些什么呢？情感在倾斜，生命在倾斜，站都站不稳了，眼看自身都要沦陷了，还想要继续构筑身外的世界。

2007 年

十八岁永不再来

梁佳有一头长而浓密的头发,一直拖到腰上。我对她说:"我以前的头发也有这么多,这么长。"

"什么时候的事?"

"十八岁。"

她大吃一惊:"啊,你!居然!也!有过!十八岁!!"

然后做出一副惊骇得快要昏过去的样子。

……

对此我不知该做出什么反应。只好也故作惊讶状:"是啊,真没想到,自己居然曾经那么年轻过……"

十八岁的自己是什么样子呢?

十八岁,胖乎乎的,眼镜遮住大半边脸,其中一个镜片破裂成放射状。十八岁,双手伤痕累累,血迹斑斑。十八岁,去乌鲁木齐,从没坐过电梯,从没使用过电话。十八岁,没有爱情,从没有过爱情。十八岁,口齿不清,泪水涟涟。

至于我现在的样子……照梁佳那厮看来,我这人应该一生下来就是现在这副德行,以后不可能变成别的什么,之前也不可能会是别的啥——我怎么会是一个有过十八岁的人呢?在我脸上,在我神情与举止里,在我话语与沉默中……那么强硬、防备、自怨自怜。这样的一个人,怎么可能会有过惊异、激烈、无所畏惧的十八岁呢?

2007 年

走 夜 路 请 放 声 歌 唱

在呼蓝别斯，大片的森林，大片的森林，还是大片的森林。马合沙提说：走夜路要大声地歌唱！在森林深处，在前面悬崖边的大石头下——你看！那团黑乎乎的大东西说不定就是大棕熊呢！大棕熊在睡觉，在马蹄声惊扰到它之前，请大声歌唱吧！远远地，大棕熊就会从睡梦中醒来，它侧耳倾听一会儿，沉重地起身，一摇一晃走了。一起唱歌吧！大声地唱，用力地唱，"啊啊～～～"地唱，闭着眼睛，捂着耳朵。胸腔里刮最大的风，嗓子眼开最美的花。唱歌吧！！

呼蓝别斯，连绵的森林，高处的木屋。洗衣的少女在河边草地上晾晒鲜艳的衣物。你骑马离开后，她就躺在那里睡着了，一百年都没有人经过，一百年都没人慢慢走近她，端详她的面孔。她一直睡到黑夜，大棕熊也来了，嗅她，绕着她走了一圈又一圈。这时远远的星空下有人唱起了歌。歌声越来越近,她的睡梦越来越沉。大棕熊的眼睛闪闪发光。

夜行的人啊,黑暗中你们一遍又一遍地经过了些什么呢?在你们身边的那些暗处,有什么被你永远地擦肩而过?那洗衣的少女不曾被你的歌声唤醒,不曾在黑暗中抬起面孔,在草地上支撑起身子,循着歌声记起一切……夜行的人,再唱大声些吧!歌唱爱情吧,歌唱故乡吧!对着黑暗的左边唱,对着黑暗的右边唱,再对着黑暗的前方唱。边唱边大声说:"听到了吗?你听到了吗?"夜行的人,若你不唱歌的话,不惊醒这黑夜的话,就永远也走不出呼蓝别斯了。这重重的森林,这崎岖纤细的山路,这孤独疲惫的心。

夜行的人啊,若你不唱歌的话,你年幼的阿娜尔在后来时光的所有清晨里,再也不能通过气息分辨出野茶叶和普通的牛草了。你年幼的阿娜尔,你珍爱的女儿,她夜夜哭泣,她胆子小,声音细渺,眼光不敢停留在飞逝的事物上。要是不唱歌的话,阿娜尔将多么可怜啊!她一个人坐在森林边上,听了又听,等了又等,哭了又哭。她身边露珠闪烁,她曾从那露珠中打开无数扇通向最微小世界的门。但是她却再也打不开了。你不唱歌了,她便一扇门也没有了!

要是不唱歌的话,木屋边那座古老的小坟墓,那个七岁小孩的蜷身栖息之处,从此不能宁静。那孩子夜夜来找你,通过你的沉默去找他的母亲。那孩子过世了几十年，当年他的母亲下葬他时，安慰他小小的灵魂说："亲爱的宝贝啊你我缘分已尽，各自的道路却还没有走完，不要留恋这边了，不要为已经消失的疼痛而悲伤……"但是，你不唱歌了，你在黑夜里静悄悄地经过他的骨骸。你的安静惊动了他。你的面庞如此黑暗，他敏感地惊疑而起。他顿时无可适从。

要是不唱歌的话，黑暗中教我到哪里去找你？教我如何回到呼蓝别斯？那么多的路，连绵的森林，起伏的大地。要是不唱歌的话，有再多的木薪也找不到一粒火种，有再长的寿命也得不到片刻的自如。要是不唱歌的话，说不出的话永远只能哽咽在嗓子眼里，流不出的泪只在心中滴滴悬结坚硬的钟乳石。

我曾听过你的歌声。那时，我站在呼蓝别斯最高的一座山上的最高的一棵树上，看到了你唱歌时的样子。他们喜欢你才吓唬你，他们说："唱歌吧，唱歌吧！唱了歌，熊就不敢过来了。"你便在冷冷的空气中陡然唱出第一句。像火柴在擦纸上擦了好几下才"嗤"地引燃一束火苗，你唱了好几句才捕捉到自己的声音。像人猿泰山握住了悬崖间的藤索，你紧紧握住了自己的声音，在群山间飘荡。那时我就站在你路过的最高的那座山上的最高的那棵树上，为你四面观望，愿你此去一路平安。

我也曾作为实实在在的形象听过你唱歌。还是在黑夜里，你躺在那里唱着，连木屋的屋檐缝隙里紧塞的干苔藓都复活了，湿润了，膨胀了，迅速分裂、生长，散落肉眼看不到的轻盈细腻的孢子雨。你躺在那里唱啊唱啊，突然那么忧伤。我为不能安慰你而感到更为忧伤。我也想和你一起唱，却不敢开口。于是就在心里唱，大声地唱啊唱啊，直到唱得完全打开了自己为止，直到唱得完全离开了自己为止。然后，我的身体沉沉睡去。但是，在这样的夜里，哪怕睡着了仍然还在唱啊，唱啊！大棕熊，你听到了吗？大棕熊你快点跑，跑到最深最暗的森林里去，钻进最深最窄的洞穴里去。把耳朵捂起来，不要把听到的歌声再流出去。大棕熊你惊讶吧，你把歌声到来的消息四处散布吧！大棕熊，以歌为分界线，让我们生活得更平静一些吧，更安稳一些吧……

OK，亲爱的，哪怕后来去到了城市，走夜路时也要大声地唱歌，像喝醉酒的人一样无所顾忌。大声地唱啊，让远方的大棕熊也听到了，静静地起身，为你在遥远的地方让路。你发现街道如此空旷，行人素不相识。

2007 年

最坚强的时刻在梦里

很久以前我们还在牧场上流浪，那年外婆八十八岁，我决定带着她离开深山。我收拾好行李，和外婆走到土路边等车，等了很久很久。我对外婆说："以后你就跟着我过，跟我到乌鲁木齐生活。"那时我一直在心里盘算今后我们两个怎么过日子，租个什么样的房子，打什么样的工。外婆轻轻答应着，但什么也没说。车快来时她才说："我不是不想和你在一起。我是怕拖累你。"我眼泪流个不停，但还是说："外婆，我们永远在一起，你不要害怕。"后来车来了，我们上了车。我晕车，一路上不时地下车呕吐。每到那时外婆也跟着我下车，抚摸我的背。后来汽车路过荒野中的一家简易的小食店，所有旅客下车休息。当时那家店里只提供一种食品：炸鱼。我什么也吃不下，只给外婆买了一些。本来外婆从不吃这些有腥味的东西,但那天饿极了,吃了很多。之前我们在山林间一连坐了七八个小时的车,一路颠簸,疲惫不堪。

还有一次,一个朋友给我打了一个很长的电话,告诉了我一些事情。我闻之如雷轰顶,却强装镇定,思路清晰地与她一问一答。挂上电话后,万念俱灰,像是一生中第一次感受到一个词——"无依无靠"。我趴在床上不顾一切地痛哭,后来听到外婆在隔壁房间走动的声音。

有一次我搬家到城里,便立刻把外婆从深山的破帐篷里接来。那个房间空空荡荡,我们所有的家具只有一把折叠的行军床和一根绳子。外婆睡行军床,我直接打地铺。绳子横牵在客厅里,所有衣物和零碎物什都挂在上面。直到半年后我才有了一张床。又过了半年,床上才铺了像样的褥子。那一年外婆九十三岁。当我搀着她第一次走进那个空房间时,我对她说:"外婆,以后我们就住在这里了。"她四处看了看,找个地方坐下来,解开了外套扣子。

有一次,我决定不上学了。我去找我妈。坐了很久的车,到了遥远山脚下一个从未去过的村庄。下了车,司机指着村头一幢孤零零的泥土房屋说:"那就是你家。"我推门进去,迎面扑来风干羊肉的味道。外婆正在炖肉。她一直不能吃羊肉,甚至闻着那味道就恶心,但却知道那个是有营养的东西,还是乐于炖给我们吃。那年她八十六岁,还没有摔跤,还没有偏瘫，还很硬朗很清醒。那时我们生活的房间很小很小，顶多十个平方，分为两部分，中间挂了块布帘。前半部分是裁缝店，后半部分铺了床，砌了一个做饭的小炉子。我们的店一共只有四五匹布稀拉拉地挂在墙上。而村里的另一家裁缝店有五六十种布料，五颜六色挂了满满当当一面墙。我不上学了，开始在这个泥土房屋里跟着妈妈干裁缝活，生活终日安静。后来我妈买了一台录音机，整天不停地放歌。后来所有磁带里的每一首歌我们都会唱了。

有一次，我从打工的工厂辞职回家，那一次我们的家还在深山里，是一面用几根木头撑起来的塑料棚，还没有帐篷结实，勉强能够挡风避雨。我走进塑料棚，看到妈妈正在称糖块。她把称好的糖每两百克分作一堆。外婆在一旁，将那些糖堆一一装进事先准备好的塑料袋里，一一扎紧袋口。那样的一包糖卖两块钱。两个人静静地做着这事，做了很久很久。我看到柜台下已经装好了好几箱子这种分好的糖包。那么漫长的岁月。

还有一次，我五岁。外婆对我说："我们没有钱了。"使我生命中第一次感觉到了焦灼和悲伤。那时我的妈妈在外面四处流浪，外婆是拾破烂的，整天四处翻垃圾桶维生。我在吃苹果的时候对外婆说："我一天只吃一个，要不然明天就没有了。"很多年后，外婆都能记得这句话。

这些，都不是梦。昨天晚上的情景是梦。我梦到以前不停地搬家租房的那些年月，梦见很少的一点点商品稀稀拉拉摆在宽大的货架上。梦见我们一家三口安静地围着一盘菜吃饭。

生命一直陷落在那些岁月里。将来，见到他以后，我要对他说："世上竟会有那么多的悲伤。不过没关系的。我最终还是成为了自己最想成为的样子。"

2006 年

晚 餐

黄昏，我们早早地吃过晚饭就出门了，穿过村里的小路向南面高地走去，边走边打听郭大爷的住处。

当我，仍然还身处当时那些黄昏的斜阳中时，竟从不曾更细心一些地留意当时的情景。我们只顾着走路，各自想着心事，一声不吭。事到如今，再回想，能够想起火烧云，想起暮归老牛的辉煌的眼睛，想起白桦树明亮的粉红色枝干，想起连绵远山通体静呈奇异而强烈的暗红……却，再也想不起那个黄昏了。那个黄昏与那个黄昏中能够被我清晰记起的细节部分——断然割裂。

正是在这样一个恍惚而坚硬的黄昏中，我们在村子里四处打听郭大爷的家。然而奇怪的是，这一带竟没有人知道"郭大爷"是谁。可是据我们所知，他已经在这个村子中生活了四十多年。

后来我们有些着急，便比划起郭大爷的长相："喏，是这样的……回族，白帽子。军便装，大个子……"

突然间，对方恍然大悟，用手抓了一把自己的下巴："白胡子老头儿？"

他伸手指向北面："一直走。两棵树的地方。"

我们拐向北面，经过一排土坯房子的后院。在细窄的小路边，哪怕巴掌大的一块田地都围有栅栏，种着碧绿浓厚的苜蓿。这一带的住户屋前屋后都种着成排的小白杨，大多只有胳膊粗细。穿过这条小路，我们站在林带尽头左右看了看，西边的树似乎少一些，便试着往那边走去。过了一条窄窄的、干涸的引水渠后，前方高地上出现一座孤零零的泥土房屋，四面围垒了简易低矮的土夯院墙。院墙西侧有个豁口，豁口处一上一下横担着两根小腿粗的木头算作院门，但只能用来拦挡牲口而已。院墙一角长着两棵高大粗壮的柳树。

我们移开挡在门洞上的木头，跨进空荡荡的院子。院子非常干净，没有放养任何家禽。院子一角放置着木匠冲木料的破旧车床，旁边码着一摞圆木。

没错，就是这里。郭大爷的儿子就是木匠。

我们穿过院子，去敲门。

我写一些事实上不是那样的文字。试图以这样的方式，抠取比事实更接近真实的东西。我要写郭大爷，写他雪白的长胡子，写他整齐干净的军便装；写他含糊不清、急速激动的甘肃方言；写他为乡政府打扫院落和马路，每个月五十元的报酬；写他每年开斋节和古尔邦节时从清真寺的阿訇那里分得的一点羊杂碎；写他和他的独生儿子各自短暂的婚姻……然而，这一切说的都不是他。我只好写很多年后，自己在一个大城市的街头同他偶遇的情景：他四处流浪、沿街乞讨的时候认出我来，大声叫着我的名字，抓着我的手，急切地说了很多很多话。

而那时我仍然一句也听不懂，只能任由他干枯的双手握住自己的手指，而潸然落泪。

事实上，我离开那个黄昏已经很多年了，走过了那么远的路，从来不曾遇到过他。

我总是站在各种各样的陌生街头四处张望。尤其在深夜的路灯下，看着路灯两两相对，向城市深处蔓延，形成奇异的通道。而自己伫立之处微微起伏，似乎随时都将塌陷……似乎在催促我动身离去，催促我快些消失，催促我说："你还没有想起来吗？难道你还没有想起来吗？"

我一边努力回想一边向前走去。我想起了一切在现实生活中需要立刻着手进行的事情，却怎么也想不起眼前这夜幕下的街景意味着什么……又记起在很久很久以前，自己也曾同样这般走在同一条街道，走啊走啊，然后就走到了此刻……在很久很久以前的当时，自己曾暗自作了一个什么样的决定呢？

我如此依赖城市，依赖一切陌生的事物。我不停地去适应一场又一场变故，随波逐流，顺从一切、接受一切。但是我心里有秘密。

我穿着重重的衣服来裹藏这秘密，小心翼翼拥着双肩走在街头人群中。你对我的要求，我全都答应。你对我的背弃，我全都原谅。我如此爱你。但是我心里还是有秘密。

我在这个城市的角落里寂静生活，低声与旁边的人交谈，做粗重鄙下的事情养活自己，整天处理一些肮脏的东西，把它们弄得干干净净。我手指粗硬，手指里的血液却鲜活娇艳，它们激动而黑暗地流淌着。有时这血会流到身体外面，伴随着自己的疼痛和身边人的惊呼。那时，我的秘密也开始急剧颤动。但最终流露出来的，只有眼泪。

也许我其实是一个早已停止的人。但是命运还在继续，生活还是得绵绵不断地展开，每一天的夜晚还是要到来。走在每一次的回家路上，路灯下和橱窗边的街景仍然如勒索一般强烈向我暗示着什么。要我回答，要我一定得回答。逼我直面心中的秘密。

而在距这城市夜景无比遥远的那个地方，喀吾图的泥土村落仍在黄昏里低垂着双眼。在那里，牛羊永远走在尘土荡起的暮归途中，雁阵永远在明净光滑的天空中悠扬地移动。而我们几个人也永远心事重重走在同样的土路上。这时远远地看到郭大爷家屋顶上的烟囱静静地上升青烟。更远处是天边的第一颗星辰。

有人开门，我们跨进屋子，屋里很暗，没有点灯。穿过狭窄的门厅，隔壁的房间同样也没有点灯。四下昏昏然然，蒸汽弥漫，挟裹着浓重的羊油膻味。唯一的光亮来自房间角落的灶膛之火，炉灶上方架着一口黑乎乎的大铁锅，没盖锅盖，里面灰白色的汤水翻滚不已。

引路的人就是郭大爷的儿子。房间太暗，我没看清他的模样。我一生也没看清他的模样。

面对我们的突然来访，郭大爷似乎有些不知所措。他慌忙放下手中的汤勺，含糊不清又急速地解释着什么，并殷切邀请我们一同坐下共进晚餐。

我们客气地谢绝了，并说明来意：想请他的儿子为我们做一扇门。

尺寸和价钱很快谈妥，我们起身告辞。郭大爷仍然还在急切地挽留，并且连声催他的儿子去准备碗筷。我们坚定地退到门口，转身推门离去。

要是我们从不曾在那个黄昏打扰过郭大爷父子的晚餐……想象一下吧，这顿平静孤独的晚餐——没有掌灯，炉火晃荡，两个独身男人，终生相依的父子。晚餐内容简陋得令人心酸：仅仅只是煮进一块羊油的白水面条。然而它在锅中完整地盛放，浓重地翻腾着食物特有的气息。那是足以安慰人心的，甚至能安慰这整整一生的气息。没有花里胡哨的佐料芳香，没有色彩与餐具的刻意搭配。那仅仅只是食物，仅仅只是进入身体后再缓慢释放力量。

像郭大爷那样的年龄，他的生命恐怕已不用依靠食物来维持了。他只依靠生命本身的惯性而缓缓前行。他也不再需要晚餐了，只是需要一种习惯，以使被驯服的生命继续平稳温柔地完结无数个同样的一天。

有没有一次晚餐，我曾与你共度？

我在这里，独自坐在桌边，一口一口吞下食物。一个又一个夜晚，晚餐简单而安静，睡眠艰难而嘈杂。

那些从梦中惊醒的时刻，夜正漫长。拉开窗帘一角，窗下的路灯已经亮了千百万年。它们沿路照亮的事物刚刚从远方疲惫地抵达近前。我又拉上窗帘，躺了回去。我曾对谁有所亏欠呢？这么多年来，是谁还一直记着我对他的什么承诺？在苍苍茫茫的时间中，那些远在记忆之前就已经发生过的事情，就已经被我伤害过的心……

我在这里，说着一些话，写出一些字。但其实一切并不是这样的。我说什么就抹杀了什么，写什么就扭曲了什么。

比如我每写下一个黄昏，就会消失一个黄昏。到头来，只剩那些写下的文字陪伴着我，只有那些文字中的黄昏永远涌动着晚霞，只有那里的西方永远低悬着红日。

而你——如盲人摸象，我以文字摸索你。微弱地有所得知。我所得知的那些，无所谓对错，无所谓真假，无所谓矛盾，仅仅只是得知而已，仅仅只是将知道的那些一一平放在心中，罗列开去，并轻轻地记住。面对满世界纷至沓来的消失，我只能这样。亲爱的，这不是我的软弱，这正是我的坚强。

还有那么多的晚餐时刻，餐桌对面空空荡荡。你正在这世间的哪一个角落渐渐老去？

亲爱的，我写下这些，我已分不清虚构与现实之间的区别。

那么，仍然是同样的黄昏吧，我们仍然沿着同样的土路，穿过村子向西而去。仍然边走边打听郭大爷家的房子。在无数次找到之前，从不曾真正找到过一次。

初秋的喀吾图,万物静止。连迎面走来的路人都是静止地行走着的,仿佛永远都行走在与我们擦肩而过的瞬间里。天空东面的云彩在夕照下越来越红,越来越红……一直红到最最红的红之后,仍然还在继续越来越红,越来越红……

我们要做一扇门,就去找郭大爷。听说他儿子是木匠。后来的后来,不知那扇门做成后,被装置进了我们生活中的哪一处角落。全忘记了!我们几乎是泪水滂沱地走在当时的情景中,一直走到现在都一无所知。

我在村里见过许多郭大爷儿子亲手打制的整齐木器,却从没亲眼看见他一次。他在喀吾图的角落里寂静地完成这些作品,耐心地使那些原本能抽出枝条、萌发出叶片的树木甘愿从生长的无边黑暗中现身,而进入人间。他身体深处一定有神奇。他孤僻辛酸的隐秘人生之中,一定有最固执的决心。

他年过半百,在很多年前失去了母亲,后来又失去妻子,从来没有过孩子。也从来没听他发出过声音,甚至从来没见他在村里的马路上经过。他的父亲郭大爷八十多岁,对于这个唯一的儿子,似乎除了生命和怜悯,便什么也给不了了。然而,纵然是这样的生活也总有继续延缓下去的必要,他以大把大把的充裕时间,剖开一根根圆木,再锯齐、刨平,制作成种种俗世生活的器具。他终日深陷世界正常运转的最深处的粉尘与轰鸣声之中。

父亲的一生,仿佛就是儿子的一生。又仿佛父亲正在度过的正是儿子的晚年。然而生命并不是唯有依靠希望才能维持。郭大爷的独生儿子静静地履行着这一生,日常最细碎的小事丝丝缕缕牵动着他的恍惚感官。他不能停止。像是一个世代修行的人,纯洁地朝着深夜里不明所以的烛光豆焰摸索而去。

至于郭大爷本人,似乎更是无从说起。一直不知道他年轻时是做什么的。据说他在上世纪六十年代就来到新疆,来到了喀吾图。目前父子俩是这个哈萨克村庄里仅有的两个回族。他看起来实在与这个地方格格不入,尽管讲一口流利的哈语,尽管与当地人一样贫穷,并且一样坦然。

作为一个虔诚的穆斯林,无论生活多么窘迫不堪,身体也要保持庄严与清洁。夏秋两季的喀吾图尘土漫天,郭大爷的衣物几乎每天都会换洗,因此随时看到他都是干干净净的一身军便装。但是对于一个老人来说,洗衣服是艰难的事情,主要是用水的艰难。他们父子所居住的村子北头离河很远,挑一次水要穿过整个村子,再走过很大一片野地,足有两公里。于是,这个老人每次只是把衣服泡在肥皂水里揉搓一番就捞出来拧拧、晾晒,连漂洗一次的水都舍不得用。实际上,这样洗出来的衣物只会比泥灰渍染过的衣服更脏。但是,出于恪守清洁的训诫,郭大爷严格地以生命久远经验中对肮脏的理解来对待肮脏。他的生命已经太微弱，已经无力有所改变，无力继续蔓延，无力触及新的认识。仅仅是为了生存而接触现实，但那也只是毫不相关的接触了。

  我是否真的曾经熟悉过一些事物？真的曾在大地深处长眠，曾浑身长满野花，曾在河流中没日没夜地漂流，曾从认识一颗种子开始认识一棵大树……而此刻，我走在这坚硬的街头，拖着疲惫不堪的身体去向街道拐弯处。行人没有面孔，车辆惊恐不已，薄薄的一层斑马线飘浮在马路上方，霓虹灯不知灭了还是没灭。我已经离不开城市，离不开自己的心。纵然自己从不曾明白过自己的这颗"心"，从不曾明白过何为"城市"。

  城市里已经没有晚餐。我们在夜晚与之聚会的那些人，已经都不需要晚餐了。食物原封不动地撤下，话题如迷宫般找不到出口。说尽了一切的话语后，仍没能说出自己最想说的那一句。而那一句在话语的汪洋中挣扎着，最后终于面目模糊地沉入大海……大海深处如此寂静、空旷。

  我也在我生命的海洋中渐渐下沉……每当我坐在那些满满当当地摆放着精美食物的餐桌边，身边的人突然素昧平生。我一边努力地辨认他们的面容，一边持续下沉，沉啊沉啊……餐桌下悄悄拉住我手的那人，拉住的其实不是我的手。

我拼命向他求救，他却只能看到我在微笑。

偶尔浮出水面的时刻，是那些聚会结束后的深夜。与大家告别后我独自走向街头，走过一盏又一盏路灯。走啊走啊，眼看就要接近真相了，眼看就要洞晓一切了……这时，脚下神秘的轴心一转，立刻又回到了原先的街道，继续无边无际地走啊走啊。唯一不同的是，之前神色疲惫，之后泪流满面。

这双流泪的眼睛啊，你流泪之前看到过什么呢……

我还是要说郭大爷，努力地说。还想再说一遍他生命中的某次晚餐，想说土豆煮进面汤之前独自盛放在空盘子里时的蒙懂，还有筷子一圈一圈缠绕着面条的情景。我想了又想，越是想说，越是张口结舌。

逐一回想在喀吾图的日子里与郭大爷有过的一切接触，那些碎片因为太过细碎而无比锋利。我想起一个风沙肆虐的春日，室外室内全都昏天暗地。这时郭大爷推门进来，坐在我们裁缝店的缝纫机边。长久的沉默后，他开始讲述三十年前一场更厉害的沙尘暴。

郭大爷几乎每天都会准时来我家店里拜访一次，坐很长时间才离开。人老了之后，似乎时光越是消磨，越是漫长无边。我们片刻不停地做着手中的活计，很少和他搭讪，任他长时间坐在身边沉默，也不觉得有什么无礼，有什么尴尬。

现在想来,那时,郭大爷每天准时来与我们共度的那场沉默,不知不觉间,已经让我们有所依赖了吧。

来店里的哈萨克女性顾客,一般不会空手,总会捎点用手帕包着的奶酪之类的食品。有时会是罐头瓶装的黄油,有时会是一块羊尾巴油。我们吃不惯羊油,于是,一得到这样的礼物,就会给郭大爷留着。郭大爷是回族,照常理不应当接受汉人的食物,但是我们的东西的确是干净的,只是转了一手而已。何况他也很需要。于是他每次都赶紧收下来。虽然脸上没有浮现什么特别的表情,但分明能感觉到他对礼物的珍惜与稍稍不安。

我还是说不清郭大爷。我努力想象他是如何捧着羊油,寂静地离开我们店里,悄悄消失——我记不起他的离去,一次也记不起来。就算还在当时,怕是也很难留意到他离去的情景。总是这样的:当他第二天再次推开门走进我们店里时,才能意识到他曾离去过。

当我们还在喀吾图时,似乎一直都停留在喀吾图,似乎已经在那里生活了一万年。可是一旦离去,就什么也没剩下,连记忆都被干干净净替换掉了。替换物与其极为相似却截然不同。好像……我们从来不曾在那里生活过……

好像,我们从来都不曾在这世上停留过。连此时此刻最为迫近的感觉都那么不可靠……这是在城市,这是保护我、维持我当前状态的一个所在。这是一个夜晚,这是疲惫。仅仅只不过奔波了一天,却如同历经完几生几世一般……这是饥饿,这是深夜里陌生的食物。这还是饥饿。这是辗转反侧。

餐布破旧,瓷碗龟裂,茶汤冰凉……郭大爷和他的晚餐究竟意味着什么呢?至今萦然不去,耿耿于怀。千万遍地诉说也无济于事,千万遍地重返喀吾图的黄昏也一无所知。千万遍地敲开那扇门,千万遍地辨认开门人黑暗中的面孔,千万遍地恳求他转过身来……

我的迷失,可也是你的迷失?我爱你的方式只能是对你苦苦隐瞒我的秘密……替你没日没夜地寻找出口,替你承担一切,付出一切,保护你,安慰你……但是亲爱的,我是多么可怜啊!我终究不是你,最终不能代替你……每当我看到你与我擦肩而过,一无所知地消失进激动的人群……亲爱的,在我所为你付出的一切努力之中,也许最为珍贵的就是:我从不曾见过你,从不知你是谁。从不曾对你说过:我爱你,我要和你永远在一起。

我和你擦肩而过之后,还在走,还是不能停留。还是这路灯下的街道,蔓延进城市宁静的腹心。我这永远不能罢休的双腿,永远不得安宁的心!

永远不能接近的两棵大柳树，永远不能离开的一座城市。

永远不能亲历的那些人生，永远不明真相的记忆，永远空空荡荡的眼睛。郭大爷是谁？他得知了我的哪些秘密？他暗藏着我的哪一部分过去？他在哪里等着我？在哪一条路的尽头，哪一座孤零零的房子里，哪一扇门后，正黑暗地坐着，黑暗地睁着眼睛……

我要赶在什么事情发生之前回到哪儿呢？我还剩下多少时间？我能反悔吗？我能走着走着，就停住，就倒下，就不顾一切地放弃吗？

我仍然在这里，仍然在人群中继续行进。但是我还有另外一双眼睛正从高处往下看，我还有另外一双手正在暗处遥遥伸来，想扯住我的衣角。我另外的一双脚，替我越走越慢，越走越慢。

那些被我所抛弃的贫穷生活，年迈的亲人，被我拒绝的另一种人生……是不是，其实从来不曾离开过我？……满满当当，坠住双脚，每走一步就扯动一下。令我在城市中越陷越深，在现实中越陷越深。遇水生根，开花结果，无穷无尽，没完没了……但是，有一双筷子永远摆在一只空碗面前，那是我生命中最大的一处空缺。那情景令我不时浮出水面，日日夜夜漂泊。这难以言喻的悲伤……深深的，永不能释怀的……

还有你——

对不起。

那么在最后,最最后的一瞬间里,我能回去吗?我真的如此情愿回去吗?——那又将会以怎样的孤独和自然而然的急切,在黄昏终于远远过去之后,在黑透了的深夜里,独自穿过村子,走向星空下的两棵柳树,走进空寂的院落,走向那扇门——我生生世世都熟悉那门的每一道木纹,每一处破痕。那时,我将怎样推门而入——与无数个往常没什么不同地推门而入——将怎样开口说道:

"我回来了。我是你晚归的女儿。我来为你准备晚饭。"

2006 年

报 应

  我总是那么快乐，总是会有那么多的，让人没法不心满意足的事情纷至沓来——生命健康，阳光充足，食物香美，慷慨的友情，还有荣誉。

  我几乎每天都在笑，轻松自在地与人交谈，享受着尽情表现和尽情沟通的惬意。

  我太容易欢乐了，太容易欢乐了，太容易颤抖了……

  这是不正常的。

  因为同样地，我也太容易悲伤了……

  我深深憎恶这"悲伤"，这是耻辱。你不会明白为什么：仅仅因为容易落泪而深感羞辱……

  有人对我说："家里老人还好吧？"

我张口结舌，泪落如雨。

还有人说："若有什么难事一定给我电话。"

我苦苦忍着，眼圈通红，眼泪终于忍住了，鼻水却流了出来。

容易被感动，应该不是什么过错，应该是人格健全者的特征之一。但在我，却没那么简单，如同受了诅咒一般……

我与那人面对面坐着，他简单的话语如此轻易就断开无可测量的落差，形成深渊，瞬间令我坠落下去。并始终维持着这坠落的状态，不知下面还有多深。

我们面对面坐着，之间的那种不平等的东西暗中涌荡，加剧着友谊结构的不稳定。却迟迟不能倾覆。倾覆之前的重心全落在我这方，我实在支撑不住，眼泪便夺眶而出。

但这不平等并不是对方强加于我的，而是从我内心深处涌出，像是被唤醒了的事物。它手指一面镜子，让我仔细地照，再让我仔细地照，强调我真实的模样。

容易感动——于我，更像是某种生理现象，而非情感现象。

容易感动——条件反射一般，流泪，流泪，说流就流，说崩溃就崩溃。

有人对我说："你会更加幸福。"

我哭。

有人说:"晚饭不要吃凉食,小心胃病……"

我也哭。

边哭边在恐惧中挣扎:这哭泣为什么停不下来?这哭泣为什么停不下来?!……我怎么了?我的身体被抛弃了,抛弃在那人的对面,斜坐着,汹涌落泪,一筹莫展。

而对方更为一筹莫展。他坐立难安,心里直犯嘀咕,想不通这人怎么会有这样的毛病……并发誓下次再也不和我单独相处了。

这一定是不正常的!在那样的时候,我与我的悲伤相比,根本是渺小细末的。这悲伤如此强大,源源不断倾泻能量,无边无际地铺展开去。我被牢牢控制,像是被疾病或伤痛控制了一般……这悲伤与其说是悲伤,不如说是以我为出口,通过我来到这世上的另外的一个强悍生命。这是不正常的……我不能坦然接受别人的好意,我如此惊恐不安,这恐怕就是报应,不晓得是谁的诅咒在盯梢……要我永远不能拥有一颗清静平和的心。

可是,在很久以前却不是这样的。至少,在儿童时代很长的一段记忆里——虽然也会因某事大哭不止,但似乎从没出现过这方面的不安……我是从什么时候开始改变的呢?发生了什么事呢？我拼命寻找成长中类似于"分水岭"之类的界线，又发现，我似乎从未曾改变过。

我的童年时代一直和外婆、外婆的母亲——我称之为"老外婆"——三个人一起生活。那时，外婆八十岁了，外婆的母亲也一百多岁了。在我十三岁的那年春天，一百零七岁的老外婆过世，那是我平生第一次失去亲人的经历。但那时还不大懂得"失去"是什么意思。

那时的我一点儿也不悲伤。我头戴白花，胳膊上套着黑袖章，举着招灵幡脚步轻松地走在送葬队伍的最前面。田野碧绿，清晨的乳白色雾气还没散尽，缭绕在四野。一些街坊邻居扛着纸房子、纸床什么的走在后面。因为老外婆年龄实在很大了，大家为了表示尊敬，也大都头缠白帕子，以孝子的名义送行。

我不时地回头看看那方黑漆漆的棺木，老外婆好端端地躺在里面。我想了又想，想不出人死了与没死有什么区别。我哼着歌儿，如郊游一般，踩着田埂上成片的野菊花，不时地弯腰采摘一束。乡下视野开阔，空气清新，总是有农人远远地站住，肩上扛着锄头，往这边看过来。

很久后才到了地方，坟地在县郊水库边山坡上的一小片松树林里。有人已经在那里挖坟坑了。我便扔了幡子跑到旁边的小树林里玩。等外婆唤我过去时,棺材已经放下坟坑。外婆让我学着她的样,用衣裳前襟兜着一捧土,绕着棺材走一圈,然后把土倒在棺盖上。再用后襟兜土,绕着棺材再走一圈,再倒一次。

然后又折腾了些仪式。所有人这才七手八脚地把堆积在坟坑四周的泥土推下去,盖住棺材。

眼看着泥土一点点遮住了棺盖,我这才有些慌张。这时,外婆突然倒下,趴在坑边,痛哭出声,大声喊道:"妈!我的妈啊……"我也如大梦初醒一般,天塌下来一般,泪如雨下,浑身发抖,不能自已……

非要找一个"分水岭"的话,就只能是那时了。因为那个记忆强烈深刻得似乎就发生在刚才……莫非就是从那时起落下了失控的毛病?莫非从那时起,就变得动不动就哭,动不动就崩溃,没有任何先兆……否则的话,还会因为什么呢?

回想和老外婆共同生活的那些年里,我居然从不曾好好地同她说一句话,从不曾仔细地端详过她一番。

我们祖孙三人,在四川乐至县南宁一个普通的天井里生活。我们的房子是那种年代久远的木结构建筑,墙壁是竹篾编的,糊了薄薄一层泥巴。房屋面积不过七八个平方。老外婆的床支在角落里，挂着沉重破旧的深色幔帐。我和外婆睡的床则白天收起来，晚上才支开。除了床以外，我们所有的家私是一只泡菜坛子，一只大木盆，一只陶炉，老外婆床下有几十个蜂窝煤球，十多斤劈柴，还有她的木马桶。床边靠着她的竹椅，再旁边是一把巴掌大的小竹几，对面一步之遥放着一只木柜，此外还有一把板凳。我外婆是拾破烂的，因此，凡能塞点东西的地方，都挤满了她从外面拾回来的瓶瓶罐罐和纸头破布。地面是凸凹不平的泥地，没有铺石板也没有铺青砖。

在我小的时候，从来不觉得这些有什么不好。我们住的那个天井里，其他人家差不多也都是同样的情形。现在想来，都是"穷人"吧？大家都贫穷而坦然地生活着，仔细地花钱，沉默着劳动，能得到则得到，能忽略则忽略。我们这些孩子，则欢乐地在童年中奔跑，在对薄荷糖和兔子灯笼的向往中呼啦啦地长大。

每天生活中都在发生那么多的事情，每一件事情都在不停地膨胀，令童年满满当当。我冲过巷子，冲进天井，一路大喊大叫，对直冲向井台，"通！"地把铁桶扣进井眼，拎起满悠悠清汪汪的一桶水，趴上去喝个够，然后把整个脑袋埋进冰沁的水中，不停地晃荡，好好地凉快凉快。

要是外婆在家，看到我这个样子非给骂死不可。但老外婆永远不会骂我,再说我一点也不怕她。她瘫痪多年,整天只知道软趴趴地靠在竹椅上,一句话也不说,遥远地看着我。

那些日子里……回想起来,仿佛一切随时都可以重来一般!仿佛我可以随时走进那条深深的巷子,抚摸巷子两侧的木板墙和竹篾墙,踩着脚下每一块纹理无比熟悉的青石板,走进天井,跨进我家高高的门槛……可以笔直地走向老外婆,大声地呼唤她,跪倒在她竹椅前,趴在她双膝上痛哭,亲吻她苍白的双手……

仿佛一切从不曾真正地过去,仿佛随时可以醒来……醒来,厚重的深蓝色蚊帐低垂,木格子窗棂外的空气明亮安静。老外婆艰难地起身,艰难地穿上斜襟罩衣。然后坐在高高的床沿上,缓慢地,一圈一圈地缠着裹脚布。裹脚布尽头系了一枚黄灿灿的小铜钱。她缠到最后,就把那枚小铜钱仔细地别在带子里。

总有一天,我会回到过去,亲自替她缠一回,边缠边落泪……我从不曾像如今这样深切地体会到:时间并不是流逝着的!那片刻不停地行进着的只是时间呈现给我们的模糊面目……而在时间内部,是博大开阔的。若将它的每一刻,每一刹那,都无限地细分开来的话,会发现,时间的行进,其实都在向着"停止"无限地靠拢。

使我所记起的那些事情,总是一不留神就把我拉回到过去，令我清晰地停止在某个过去时刻，动弹不得，并以那一刻为起点，缓慢地重来一遍……

我从来都不曾随着时间而去，永远都停止在过去一些时刻里，承受着当时的重负……

似乎老外婆和老房子里的其他家私没什么不同。那么安静、陈旧，从不曾流露过任何意愿。

偶尔会有那么一两次，她会吃力地翻摸贴身的衣服，取出一小叠毛币分币，耐心地数出一毛五分钱。再耐心地等待我出现在她面前，往往是一等就是大半天。

她说："娟啊，我想吃锅盔。"

我说："老外婆，你想吃甜的，还是咸的？"

她总是回答："在许啥子。"

意思就是随便什么都行。

每次买回来，她总是会和我分着吃。

于是后来我就故意只买咸的，不买甜的了。因为我发现，甜锅盔是软的，买回家后，老外婆只会给我分一半。而要是咸锅盔的话，则很硬，她只能把锅盔中间柔软的那一点点掏出来吃了，剩下绝大部分全让给我。

她没有牙齿，一颗也没有。

我一直都给她买咸锅盔，但是她从来不曾抱怨过什么。

每次就只吃那么一点点,吃完后又长久地进入悄若无物的安静。一动不动,眼睛深深地望着空气中没有的一点。

相比之下我和外婆感情很好。现在想来,大约因为她是知觉明确的,是能够沟通的。虽然那沟通也非常有限。

外婆性情热烈,脾气暴躁,我有些怕她。因此在她面前,一直都小心翼翼,是个懂事、规矩的孩子。

但她一转身,我就开始做坏事。我拆了凉席上的竹篾条编小筐玩;我把好好的床单撕一块下来,缝布娃娃和端午节才挂的布猴子;我想穿新裤子,就把旧裤子剪坏;我把小手伸到外婆上了锁,但还剩一条窄缝儿的木柜子里偷糖吃,而那糖是亲戚们前来做客时送的,外婆舍不得给我吃,准备将来做客时再送出去;我还偷酒喝,经常偷,到后来,甚至有些酒瘾了,每天不喝一两口,心痒痒得很。

上了小学后,数学课开始学演算,我总是草稿纸不够用。有一段时间街上有小贩摆地摊卖一种可以反复使用的油纸本。在上面演算完后,把本子上的塑料薄膜揭开再盖上,又恢复光洁了。同学们都有,我也很想买一本,但是那个得花两角钱,那是我不敢想的一个数字。在当时,两角钱可以买二三十斤红薯。

于是我便自作聪明,打算自己做一个。我找来硬纸壳和塑料纸钉在一起,但是还差油,又不知道应该用什么油,决定先用猪油试试。

我跑到灶台后面去摸猪油。但是刚刚碰到陶罐,不知怎么的,手指头一晃,陶罐掉下来摔碎了。吓得我拔腿就跑。

外婆回来,看到破碎的陶罐和涂了一地的半融的油块,生气地问:"哪们了?"

我说:"不晓得。"

于是外婆开始骂老鼠。

……

还有一次,我一进门,看到老外婆不像往常那样无力地靠在竹椅上,而是向前倾着身子,伸出手去想够什么东西。我顺着她的视线看过去,原来,在她够不着的地方,有一张两毛钱的纸币静静地躺在泥地上。我连忙走过去抢先把钱拾起,若无其事揣进口袋里……

我无所顾忌!我所做的所有的这些事情,统统距离老外婆不到一米远。我所做的所有所有这些事情,因为充满了老外婆的注视,而显得说不出的恶毒……

再没有比漠视生命更恶毒的事了!当她还活着,还生生地活着时,我视她如死亡一般,忽略她的感受,抹杀她的存在……

是啊,她残废了,整天一动也不动,不能站立,不能走动,不能做任何事情,不能参与劳动,不能创造财富,甚至再没有什么话可说了。她活在世上,仿佛只为了等待食物和夜晚的一次次到来。

于是,我就以为她是不应该的事物了!她坐在那里,没有表情,没有欲求,同房间里其他家私——床,木箱,泡菜坛子……静止在一起,深深地沉默。前来的不能迎接,离去的不加挽留。极纯粹地陪伴着时间的流逝……于是,我就以为她是不应该的了!

我认为她没有意志,回想起来,其实她还是有的,微弱地有着。但又因为这"微弱"已经触及到了她能力的极限,而显得那样强烈……

那时我还上小学,外婆不捡垃圾了,开始做贩鸡蛋的生意。经常天不亮就起身,背着背篼赶早班车,到当日逢场的乡坝赶集。

我便总是没有早饭吃。于是,老外婆便开始为我做早饭。

那时,谁都不敢相信她还能做饭!但是的确如此。每天时间一到,她就叫我起床,热乎乎的米饭整整齐齐地停栖在黑色的生铁耳锅里。

她每次只给我焖米饭。她焖的米饭很奇特,不是外婆通常做的那样:先煮半熟,然后用筲箕沥去米汤,再放进屉锅蒸。她直接用炒菜的耳锅焖煮，焖出来的饭却一点儿也不粘锅，而且也不会烧糊，弧形的圆锅巴整整齐齐，轻轻一铲就完整地剥落下来，中间部分是极诱人、极圆满的金红色。这色泽向四面放射开去，慢慢地过渡为金黄色、浅黄色、银色……我从来没有见过如此美丽的锅巴！

很多年后，我也试着像她那样焖米饭，但总是不得要领。只能用电饭煲或涂有防粘层的炒锅焖才不至于粘锅，但却始终无法出现那样美丽的锅巴。而且，米饭总是焖得粘粘连连，颗粒不爽。

我想，老外婆活了一百多岁，一百多年的时间多么不可想象啊！这一百年里，她双手触过的事物，简直都渗进了她的掌纹中似的，她闭着眼睛也能知道眼前呈现的一切情景。她什么也不用听，不用看，不用抚摸，什么也不用主动去感觉了，一切会自己向她靠拢——如同铁屑向磁石靠拢……她柔软地躺靠在竹椅上，面色苍白，眼睑低垂。其实，她多么强大啊！——她多么熟悉这个世界。她身体里充满了强大的生活经验和对生活品质的准确把握……可是，她却死了，却消失了。这何止是可惜的事情？根本就是绝望的事情！

关于焖米饭这件事，在后来的岁月里一直萦然在怀。慢慢地，越回想，明白得越多，感激也越多。她在为我焖米饭——她的确是完全为了我才这么做的。因为她没有牙，从来不能吃硬的米饭，只能喝稀饭。而熬稀饭的话，得不停地守在灶台边照应着，她没有能力做到。

她在黑暗中慢慢地摸索起身，扶着竹几、凳子，拐着小脚，一点一点挪到炉灶边，再慢慢地摸着米缸和水瓢，往锅里添米注水。又慢慢地捅开煤火。火光一点点蹿动，很久很久后水烧开了，水汽蒸腾。她努力弯下腰，盖上炉门，转以小火继续焖。天还没亮，灶膛之火闪耀着奇妙的红光，映在她百年的面庞上，火光在黑暗中忽明忽暗地晃动，而她一动也不动……那样的情景，是我今生今世所能感觉到的最刻骨铭心的寂寞……

老外婆死了，再没人能证明那样的情景真的曾经存在过，也再没人能那般对我——尽自己全部的最后的努力，微弱地，微弱地对我……不仅仅是对我，同时，也是在对生命微弱地，微弱地，提出要求……

我和外婆都惊叹着那样的米饭，啧啧称奇。邻居们听说瘫痪了十几年的老外婆还能做饭，更是惊讶，都跑来看。都奇怪这饭是怎么焖的，火候怎么掌握的？为什么锅巴会这么完整，这么好看？

我常常想，她死后，这种焖米饭的独家做法算是失传了吧，静静地，永远地……连同她一生的故事和情感。而后者一定是更为博大丰蕴的，如汪洋一般，如群山一般。当她瘫坐在竹椅上，接受我们的漠视，当她努力地，就着剁碎的咸菜一口一口吞咽着稀饭——她心中可有回忆？这回忆是否江河奔涌般浩浩荡荡？

因为老外婆始终待在家里，我们出门从来不用锁门的。我们很轻易地，一脚就跨到了外面，如鱼得水般进入阳光中，做各种事情。当我们回到家，家里的寂静是那样浓重黏室，老外婆软软地靠在竹椅上，看着对面一米远空气中的某点，目光在那一带涣散开去。她对面的木柜悄悄裂开细微的缝隙。很多年后这木柜突然松散开来，坍塌一地……我知道那是被老外婆看坏的。它忍受不了老外婆的毫无内容的注视，忍受不了这注视始终停止在它与老外婆之间的空气里，从未曾抵达过自己……老外婆死后，它又忍受不了从此之后再也没有这注视。

我们也忍受不了再也没有老外婆后的——此生再无机会……

在更早更早的一些日子里，外婆还会把老外婆背出长长的巷子，背到外面，让她看看圩沿上人来人往的情景。可是后来再也没有这样做了，因为老外婆自己不愿意出去了。怎么劝都没有用,她只是哭,只是一个劲儿哭。后来,我们想,她大约真的不愿意出去了,就再也不勉强了。

不知道那时她想到了什么。也许从那时起,她便决意要死去,再也不愿滋生额外的生的乐趣,再也不愿给他人增添额外的负担了。那时我外婆快八十岁了。我还不到十岁。

她整天坐在那里,为了方便梳头,剪了短发。身上穿着青灰色的粗布斜襟罩衫,裹脚布一直缠满小腿。肤色苍白,神情遥远……

而每当我们从外面回家——无数次地从外面回家,一脚跨进门槛看到这幕情景……这情景一次次地不停累积着,直到老外婆去世,又直到她去世后的很多年后……才轰然坍塌!

接下来要说的就是眼泪。

我们冷漠甚至稍稍厌恶地对待老外婆,最主要一个原因就是:她总是哭,总是哭。无论你怎样对她,她都以哭报之。

我们说:"老外婆,该吃饭了。"

她就哭,忍都忍不住似的涕泪俱下。

我们说:"老外婆,外面下雨了。"

她扭往门外天井里看一眼,抽咽起来。

我们说:"老外婆,我回来了!"

她眼圈又是一红,开始掏手帕。

一年三百六十五天,她没有一天不哭的;一天二十四个小时,她随时都可以哭起来,无法接受任何触动似的。

邻居们路过我们家,说:"老外婆好像长胖了点!"

她哭。

又有人说:"老外婆这么大年龄了,眼睛还可以嗦!还能穿针线做活路!"

她也哭。手里捏着针,眼泪一串一串地掉。

甚至有人给她说句笑话,她听懂了,"扑哧"一笑,却又由这笑声牵扯出绵绵无穷的哭。边哭边笑,也不知是笑是哭。

我外婆是急性子,一点也不能理解,也不愿加以理解:"我勒妈哎,谁又惹到起你了?"

她闻言低下头,哭得更加汹涌。而且边哭边极力地遏制,却越是刻意遏制越遏制不住,越遏制越是挑动更多的脆弱情绪似的。到了最后,哭得都快要晕过去一样,气都喘不上来了。

于是,我们没事便尽量少去招惹她,避免和她交谈。

尽管这样,还是免不了一些必须的接触,比如给她端饭碗,给她倒马桶,帮她把衣服换下来洗。

每到这时,我们忙得焦头烂额,她则哭得肝肠寸断。

外婆心情好时,还慢言细语劝慰一番——当然,不但没效果，还会起到反效果。

心情不好时，平日里积下的对生活的怨气就会趁势全面爆发出来："妈哎，你咋子了嘛你？我们又哪们惹到起你了？是没给你吃哩还是没给你穿哩？？隔壁子听到起好不好听嘛？！还想到起我们又哪们对你了！哭个啥子嘛哭？硬是恼火不尽……"

有一次她直接大喊："你哭嘛，哭嘛，没得哪个怜悯你！哭死呷顶多我们也哭你一场！……"

当时的我也觉得很烦，心里埋怨不休，在旁边也垮个脸一声不吭。

老外婆只是深深地陷在竹椅里，低着头，孤独地哭啊，哭啊，越发哭得不可收拾，浑身颤抖。

因为老外婆是烈属（她仅有的两个儿子全死在朝鲜战场上），年龄又那么大，逢年过节的，总会有电视台来采访，县领导来慰问。居委会也会拎着东西来探望。当然，这些又会惹得老外婆大哭一场。那样的时刻我们倒觉得正是该哭的时候，很能渲染气氛，搞得大家都很感动。

但平时这样就难以理解了，非常想不通。

她为什么总是哭呢？为什么忍受不了任何触动呢？像是没有界线的事物，像是散开了的，无边无际地散开了的，没有命运的事物。像是汪洋中的小舟——那汪洋便是她的哭泣。像是感官之中时刻裹藏着一根尖锐的针。像是感觉偏狭了,除了使之哭泣的悲伤,便什么也感觉不到了……

一个没有行动能力,没有意愿的老人,是不是就成了悲伤的割据地?然而悲伤时,却又不是为悲伤而悲伤,而是为着生命的渐渐停止而无可适从……我所能感知的只是,这悲伤,绝不是她情感的产物,而是一种巨大的外力所强加的。

她整个人是那样地弱,毫无气息一般。"哭"简直成了她活着的唯一气息。那么汹涌的眼泪,那么强烈的反应,反复涤荡着她衰老的身子,和她沉甸甸的、旺盛的记忆。她不能奔跑,不能流畅地表达,不能站起来笔直地选择生活,甚至不能控制一场哭泣。她在我们的轻蔑和厌倦中维持呼吸,放弃自我,等待——同我们一同等待——最后时刻的来临。

世间一切曾经美好、曾经珍贵的事物,只繁华几十年就静悄悄地寂灭。有一种解释是:花开必有花谢,乃自然规律。一切以时间为顺序,渐次熄灭,只向未来靠近,只强调此刻感觉。人须得现实地生活……

可是,时间究竟又是什么呢?时间究竟到底是什么呢?它是如何向着前方发生、发展的?前方是怎样的一个方向?

以什么为参照物？以什么为对立面？时间不停地发生，既不是累积着的，也不是凭空行进的，既没有起源，也没有动力，既没有方式，也没有目的……我们总是攀援时间而存在，依赖昨天、今天、明天而形成一生……时间又不停地消逝，我们放置在时间中的事物也随之不停被放弃。只因我们作为个体的人，不能承载太多累积下来的情感以及这些情感之间形成的落差吗？……我们在时间中逐渐变化，逐渐达到个体的相对最佳状态，然后在此基础上产生后代。我们因死亡而消失了记忆，完全消失，只以生命本能去形成某种核心的全记录，那就是基因。我们携这基因，一代一代，越走越远……这就是进化。那么时间呢？时间是我们在内心凭空滋生的概念，我们却如此依赖它，像是拽着自己的头发想离开地球……我们如此轻易地信任了时间，如此轻易地就走过了岁月，时间是我们找到的最最合适的容器，收容我们全部的庞大往事，向深渊坠落。我们总是说：不要被往事牵绊，明天还要继续。我们说：善待自己，过好每一天。我们如此不顾一切地放弃过去，奔向最终，我们最终要成为什么才算是圆满？

老外婆，你被我们放弃后，此刻又在时间中的什么地方深深地坐着呢？从不曾死去，从不曾哭泣，永远停在某一时刻等待一切过去……

老外婆，究竟是你的哪一部分深深刻进了我的基因？时时刻刻暗示着什么，隔着无穷无尽的时间，时时刻刻触动着你同样感触过的事物、情绪……老外婆，时间在我们身上来回涤荡，一层一层揭开了什么？渐渐抵达了哪里？老外婆，时间在我们感知不到的什么地方如何静悄悄地拐弯，静悄悄地转折？——天远地远，也将你我最终联系到了一起……

老外婆，你死了，但在时间深处，你与你的死毫无关系——你永远坐在那里，面对一切，记忆完整，汹涌似潮。

那么我呢？当我还在很小很小的时候，就遭到了报应。我本是全体命运中一个微不足道的联结点，但时间运行到我这一处时恰好坍塌了一小块，从此记忆过于清晰逼真，从此记忆如同我的另外一生……从此时间混乱，不知此刻与将来、过去有什么样的界线。我是在替什么受惩？

老外婆，当泥土盖住你的棺盒，我也一同被埋葬，抛下我的身子至今流浪世间。是在等待报应的结束吗？这结束之前，我一直被袒曝世间，无以遮蔽，无从躲藏，无可适从。只能无穷无尽地哭。

那么，我，李娟，事到如今，难道我只是出于惯性而继续受用着这世间的福分和悲苦吗？我只是一个情感制造者，一台生产情感的机器吗?……我源源不断地生产着,以无穷尽的宣泄来维持生命和情感的平衡。那么我的欢乐呢?我的眼泪呢?难道也如同我写出的所有文字一样,是出于这台机器的功能,而非它的意志和心灵吗?我只是一台生产文字的机器……那么,我写出的文字再"感人",再"真挚"又有什么用呢?我的心是冷漠的,是强硬的啊……还有,我说了这么多,却不像是在忏悔什么,更像是在表达恐惧。

2006 年

回 家

总是白茫茫的。整个世界无限耐心地白着。回家的路穿过全世界的白,也无限耐心地延伸着。倒了两趟车,一路上走了将近十个小时。

家里也白白的,院子和房子快要被雪埋没了。妈妈的伤势好了很多。小狗赛虎的伤也快好了,整天把脑袋温柔地抵靠在外婆的膝盖上。

这场雪灾中死了很多牛羊。牲畜们几乎一点儿吃的也没有了,寒假中的孩子们每天满村逡巡,拾捡纸箱子回家喂自家的牛。政府把一些玉米以远低于市价的价格卖给牧民,但这样的低价饲料很快就被抢购一空。来晚了的牧人们在空地上站了很久很久,才失望离开。堆积过玉米麻袋的雪地上撒落了不少玉米粒,于是附近的村民纷纷把自家的羊赶到那里。

羊们埋着头努力地寻找陷落在雪地中的金黄粮食，又刨又啃。等羊群离开时，玉米粒儿一颗也没有了，只剩一地的羊粪粒儿。于是又停了黑压压一地的麻雀，在羊粪粒间急促地点头翻啄。一有人走近，黑压压地轰然飞走。

阿克哈拉再也没有玉米了，再也没有草料了，再没有煤了。连路都没有了，路深深地埋在重重大雪之下。但是我们还是得在这里继续生活下去。

这次回家，一口气帮家里蒸了八大锅馍馍，共两百多个。蒸熟后全冻在室外雪地里，够家人吃一个多月。好在前不久刚刚挖好了压井，从此再也不用每天去两公里外的河边破冰挑水。然而压井太硬，我用尽全力才能压下去。真想整个人骑在压杆上压啊。我边压边想象着水在地底的黑暗中缓缓地上升，涌动着明亮。

端一碗剩饭去喂大狗琼瑶，离开时，它抱着我的腰不让我走。琼瑶很寂寞，因为老乱咬人，只好拴在院子里，不让它乱跑。为了尽量给它多一点自由，拴狗的铁链放得很长，于是它经常跃到高高院墙上玩。然而有两次它忘记了脖子上还有链子，站在墙上就往外跳，结果被狗链子牵着吊在了墙外面，勒得翻白眼。幸好两次都给妈妈看到救下，否则早就没命了。后来它就再也不敢跳了，只是高高地站在墙头上冲远处的荒野长久地张望。

兔子最爱吃我蒸的馍馍。小狗赛虎爱吃大白菜。鸡实在没啥吃的，只好什么都爱吃。我们给鸡窝也生了一只小炉子，鸡们整天紧紧地偎着炉子挤在一起。因为鸡窝有这么一小团温暖，我们的鸡便能够天天下蛋，一天可以捡八个鸡蛋。在整个阿克哈拉，只有我们家的鸡到了冬天还在下蛋。而其他人家的鸡都深深卧在寒冷深处，脑袋缩在肚皮下，深深地封闭了。

把鸡食端进鸡圈时，所有母鸡姿着翅膀一哄而上，无限地欢喜。而公鸡则显得不慌不忙，如巡视一般保护着大家，在哄抢食物的母鸡们的外围绕来绕去地打转。等大家都吃饱了才凑到跟前啄一点点剩下的。公鸡很瘦很瘦，羽毛枯干稀松，冠子耷拉着。但还是一副神气十足的模样，像国王一样神气。因为在所有的鸡中，它是唯一的公鸡。

戈壁滩上风真大。每次回到家都那么悲伤。

为了能赶上回阿勒泰市的班车，本地时间四点钟我就摸索着起床了。家里今年刚盖的房子，还没牵电，四下漆黑。摸到门，打开出去一看，外面也是漆黑的。猎户星座端正地悬在中天。突然想起，这是今年第一次看到猎户星座。多少个夜晚都不曾抬头仰望过星空了……

点起蜡烛，劈柴，生炉子。炉火熊熊燃烧，冰凉的房间却仍然冰冰凉凉。小狗赛虎卧在黑暗中静静地看着我做这一切。刚刚回到家就得离开，永远都是这样。家太远，太远太远。赛虎的宝宝晓晓夏天在公路上玩耍时，被过往汽车撞死。身边突然少了一个陪伴，赛虎会不会觉得空空落落？狗是如何理解"离别"的？我的突然离开在赛虎眼里会不会像晓晓的突然消失一样……晓晓埋在后院玉米地边的那个小土堆下，赛虎有时候会过去嗅闻一阵。狗是如何理解"死亡"的？

把泡菜坛子的坛沿水续一续。想喂鸡，但有些太早了。天还没亮，鸡视力弱，什么也看不见，鸡食放在外面，会先被老鼠们吃掉。在冬天，老鼠们也过着紧巴巴的日子。它们也正在忍耐着寒冷与饥饿。

昨天一回到家，还没顾上说几句话，妈妈就顶着风雪出门办事了。夜里只有我、外婆和妹妹守着房子。不知为何，心里总是感觉不祥。但又担心误了班车，于是又焦虑。两种情绪糅在一起，就成了悲伤。

结果一直等到下午三点，班车才缓缓出现在大雪茫茫的公路上。然而妈妈还没回家，为了不错过唯一的这趟车，为了不耽误上班，我还是上路了，怀着悲伤。

又想到了琼瑶。天还没亮，村庄远远近近的狗都开始叫了的时候，琼瑶却没有叫。我出去铲土和煤时，看到星光下琼瑶大大地睁着明亮的眼睛。其实它什么都知道。

没有煤了，我们只好把最后的煤渣与泥土和在一起再拌上水，团成一块一块的，当作煤来烧。取暖，做饭。这样的"煤"，火力弱，容易熄，并且灰多。却是冬天唯一的温暖。

我若是说：我爱阿克哈拉——其实多么心虚啊……我怎么会爱它呢？我远离家庭和责任，和阿克哈拉一点边也不沾地生活在别处。只是会在某些双休日坐长途班车回家一趟，住一个晚上。这算是什么爱呢？

我到了富蕴县，继续等车。网吧里空气很差。时间一分一秒过去，不知妈妈回家没有。时间正在过去，而我坐在网吧里无力地消磨这时间。我敲出这些字的时间，明明应该在家里度过。应该以这些时间来坐在家中，继续等待妈妈回来。并在等待的时候，喂鸡，生火，抚摸赛虎。

又想起班车独自行进在白色大地上，永无止境……想起班车经过的每一棵树都是不平凡的树——这些旷野中的树，一棵望不见另一棵的树。以前说过：在戈壁滩上，只需一棵树，就能把大地稳稳地镇在蓝天之下。

还说过：它们不是"生长"在大地上这般简单，它们是凌驾在这片大地上的……

——说这些话的时候，多么轻率、轻浮啊。不过我想，其实我还是爱着阿克哈拉的。

2006 年

童 话 森 林

我九岁的时候，花一个暑假的时间看完了相当厚的一本繁体字的童话书。很久以后才意识到不太对头：九岁哪里懂得繁体字呢？哪怕到了现在，对繁体字这玩意也比较头疼。不，那绝不可能是繁体字。

然而那的确是。那种文字所记载的内容差不多忘得干干净净，但回想起来，至今仍能清晰地重温当时辨识那些复杂的文字时粘粘连连的吃力感。以及因那些文字间别有用心的缀连、组合，而牵扯出来的，年代久远的话语氛围。

那些文字，每一句话都长满了叶子，开满了花朵，重重阻塞视线。脚下的道路时隐时现，灌木丛生。路边突然闪过的小动物的眼睛转瞬即逝地明亮了一下。

那些内容，深不见底。探头往下面看去，只看一眼就掉了下去，下落的速度时而缓慢时而迅疾。并且不停地拐弯，遇到岔路口就毫不犹豫地左拐。迎面碰到的人默不作声，偶尔出现的对白都是谜语。一边猜测这谜语，一边继续坠落。永无止境。

那些内容，充满了繁复的细节，又更像是正在用这些细节进行着重重的涂抹、遮掩。情节曲折，却没有出口。似乎叙述者本身就走在一条自己从未走过的路上，边走边随口介绍着所见所闻。像是那个叙述者是出于寂寞才写出了这本书——并没有什么精心的构思，只是出于说话的欲望。当他走在那条自己从未走过的路上，不知下一步抵达哪里，不知夜晚何时来临。他和我们一样，对此书的内容一无所知。他越走越害怕，就脱口说出了我后来读到的这些话语。

我九岁那年的夏天，天天坐在家门口高大的白蜡树下，封闭了耳朵和触觉，终日捧着那本书深深地阅读。能读懂的地方就顺水推舟地滑跃过去，感觉到蜻蜓点水后的涟漪，一环一环荡漾开去。水波清澈，水中倒影似曾相识。

而读不懂的地方就靠某种类似于"缘分"的东西进行理解，一步一步试探着碰触，一点一点抚摸、辨认。边辨认边轻轻喘息。身体内部空空荡荡，一只孤独的鸟儿在这身体内部的黑暗中呼啦啦地扑打着双翅，一条河在这黑暗中搅着漩涡静静地消失进深水潭。深水潭在黑暗中悬空静止。

还有一滴水悬挂在一枚树叶的叶梢。在这枚树叶之外，森林无边。我在这森林里千百年地跋涉，不知前因后果。翻动书页，带起的微风清晰地穿过指缝，划出纤细闪亮的弧度，向空气中四下穿梭而去。纸页与纸页之间粘粘连连，另有无形的手轻轻按着那页纸，说："不可再看了。"而我执意去翻它，捻了四五次才打开新的一页。满眼繁体字的火焰瞬间黯淡了一下，又重新燃烧起来。这一页看到的情节与上一页无关，却在同样的命运中顺次排列着，强烈不安地保持缄默。

我无法读出声来，仿佛害怕惊动了最最可怕的事物。紧咬嘴唇，深捂胸口。试探着抚摸那些文字的芒刺，疼痛感只漂浮在意识的表层，深处却静如止水。深处，最最深处，是一粒坚硬光滑的籽核……我抚摸那文字的芒刺，轻轻折下一枝。轻轻把疼痛含在口中，像含着一粒糖，一点点品尝，一点点融化它，一口一口吞咽。

后来我十岁，十一岁，十二岁……一年一年地远离着九岁的时光，可是无论什么时候回头张望，总能看到九岁的自己坐在垂满蜻蜓翅子形状种子的白蜡树下，捧着厚厚的一本书，沉浸在深深的阅读中。无论怎么呼唤，也不答应一声，不抬头看一眼。那书里的文字枝繁叶茂，重重阻塞着内容本身，使后来的我，无论怎样回想，也想不起那本书到底都写了些什么。能记起的碎片,锋利、脆薄,转瞬即逝地划过:一条被深深草丛埋没的小路,美貌,灵验的诅咒,忠诚而孤独的仆人,轻易就过去的时间,轻易的背叛,轻易的相遇……

很多年后,我从别的什么地方偶尔看到了一则国外民间故事。突然间,记忆被撕开了一道缺口,内心瞬间一片明亮——惊觉那则故事就是当年那本书中的一部分!

故事写道:有一个女人,嫁给一个怪物为妻,那怪物夜夜都会变成俊美的男子与她同眠。后来这女人违背了誓言,失去了丈夫。她决定去找他,带了三双铁鞋上路了。当第一双铁鞋穿破时,遇到一个女巫,女巫挽留她过夜,并给她煮了一只鸡吃,嘱咐她吃完后一定要收好每一块鸡骨。她带着鸡骨继续上路。等第二双铁鞋穿破时遇到第二个女巫,又得到一只鸡,同样又收集了很多鸡骨。第三双鞋终于也破了,她从第三个女巫那里得到了第三只鸡的鸡骨。没有了鞋子,她靠着肉足走完剩下的艰苦卓绝的道路,终于看到丈夫高高建在树上的木屋,看到窗口飘着他晾晒的衬衣。

但树屋太高,她上不去。于是她从口袋里掏出所有鸡骨,一根一根地连起来。每两块鸡骨一触碰,立刻牢牢粘在一起。这样,她制作出了一副骨梯。可是,在漫长的道路中,她不小心遗失了一块骨头,使得这副梯子只差最后的一小截。情急之下,她砍下自己左手的无名指,竟很轻易地接了上去。梯子长度正合适,她顺着梯子爬进窗户,树屋里空无一人。她太累了,就躺到床上睡着了。

她的丈夫回到家,突然看到有一副梯子悬在自家的窗口,知道有外人进去,便拔出剑,小心翼翼地循梯拾级而上。当爬到最后一级时,看到骨梯的最后一截竟是一根女人的手指,并且这手指上还戴着自己无比熟悉的一枚婚戒,立刻明白了一切。

就这样,这个女人历尽磨难和孤独,终于挽回了自己的爱情和婚姻。

是的,的确如此!在那本厚厚的繁体字的旧书中,这个故事静止在书的某一页,清晰而独立。我又努力想要沿此扩散开去,想更多地记起什么。想了又想,想了又想……那本奇异的书,对九岁之外的我深深地合上了。像是一双眼睛对我深深地闭上。不管我曾经如何深深地抵达过它的内部,涉过其中的每一条河,经过每一条山谷,走遍每一条秘密小径。有时候也会想:或许,其实从来都不曾存在过这样一本书吧……

2006 年

梦 里 与 人 生 里

亲爱的黄燕燕,我梦到你了。我还是坐在幽暗的南宁十号巷子当门的门槛上,你走过来大叫我的名字。黄燕燕,你还是那么苗条灵活,戴着高度近视的眼镜,惊奇地冲我笑着。我站起来抱住你,然后想到过去生活中的种种悲伤,放声大哭。

亲爱的黄燕燕,这些年来你过得好吗?生活的痛苦和凌迫,于你已经再也没什么可怕的了吧?你是最最柔顺的,你又是最最勇敢的。无论他们怎么对你,污辱你,施以暴力,你都耐心地活着。你唯一的希望被你深深埋藏,你悄悄对我说的那些话我永远也忘不了。你戴着厚厚的高度近视的镜片,美丽的眼睛眯得小小的。你害怕什么,就不看什么;担忧什么,就回避什么。没有人能理解你的快乐。街坊邻居所有人说你是扯妹仔，都说你癫了。其实他们自己才癫了，他们自己才是昏茫黑暗的人。他们的心结了厚厚的垢壳。他们本能的善良里，也从不曾有过对你的愧意。

黄燕燕，我深深地同情着你。但我太弱了，什么也不能做，仅仅只能同情而已。我亲眼目睹了你的继父如何虐待你，他的暴行是童年的我所能感受到的世间最最可怕的情景，天塌地陷一般。惧骇。绝望。我远远地站着，看着。从此，那种无助感与我如影相随，整整一生。

亲爱的黄燕燕，唯有在梦里，我才能将过去的自己一把推倒，站出来，勇敢地为你做证："黄燕燕是无辜的！她从来没做过那样的事情！"唯有在梦里，我才能强大到能够保护你，才能对暴力的人激烈地反抗，才能带你远远离开他们。唯有在梦里，当人们又说："黄燕燕总有一天要出事，总有一天要吃苦头的。"我就会大声说："错了！你们都错了！你们谁也不了解黄燕燕。只有我明白！只有孩子的眼睛才能看到真相！你们自以为是！你们可恶又狠心！你们比我们年长，比我们聪明，比我们能说会道，你们掌握丰富的语言和经验，却以践踏别人最珍贵的东西为乐。你们畏惧强暴，却欺凌柔弱，你们比暴力的人更残忍更罪过！"

黄燕燕，亲爱的黄燕燕，你陪伴了我的童年，我却不能陪伴你。当你一个人躲在阁楼上，受伤的身体平躺在地板上，街市嘈杂声从幽暗小窗的木格里传来，你手心紧攥一粒玛瑙，眼泪流进耳朵。黄燕燕，我远远地看着你，仅仅为了保护自己，而一句话也不敢说。黄燕燕，如果再见面，真的能拥抱吗？真的可以哭出声来吗？你流浪了这么多年，又挨过了怎样的苦难与不幸？如果再见面，我已经能够保护你了吗？我已经强大到能把你带走了吗？黄燕燕，我们还会见面吗？你被命运挟裹着，在一个又一个城市的城乡结合部挣扎生存，游弋种种难堪之中。最后一次我去看你，在那个幽暗肮脏的廉租屋中，我坐在你的床沿，顺手拿起床边的一本油腻破烂的杂志，一翻开就看到一幅污秽的图画。你一把夺去扔掉，慌乱而鄙夷地说："恶心的东西！"你否定了与你的心灵不能相容的事物，却无力抗击它。你与你厌恶的人一起生活，你惧怕他又不得不依赖他。你坚持自我，又顺从命运。你永远富于希望，你永远没有希望。生活损坏了你，你还是得生活。黄燕燕，最亲爱的黄燕燕，我但愿是真的如我所说的那样爱你。你向我展示了生命的种种痛苦与渴望，你是我命运中挥之不去的暗示。黄燕燕，在我的梦中，童年的你向我走来。我站起身，犹豫片刻，抱住了你。像是一个比你更委屈的人，像是一个一生都不曾哭过的人，决堤般滚滚泪下。

2006 年

最渴望的事

渴望在楼梯拐角处躺下来,头枕在第四级台阶,身子俯在第三第二级,腿搁在第一级,然后垂下整个身体,轻轻停在楼梯拐角处的水泥地上。

那该是多么舒服、幸福的事情!可说出去,大约谁都无法理解。

这样的生活!几乎每天都在各种各样的楼梯间进进出出、上上下下,走过那么多的台阶——这绝不是一件理所当然的事情!每当我走在一级又一级台阶上,不知不觉停下脚步……这绝不是理所当然的,肯定要发生什么事了……

我爱楼梯拐角处,我也爱街道拐弯处——大约为着没人能预见那个地方将发生什么事情。当你从那里走过,只需两步或一步,就从这边拐向那边,好像是从城市的这一面拐到那一面,从世界的这一面拐向那一面——迎面会遇上什么事呢?街道拐弯处是这个城市的最神秘之处吧,是这个城市一切际遇的起因之处。我渴望从那里开始,发生一切。

而那里已经发生过许多许多故事了。无论生活怎样地现实、真切,一旦走到某处的楼梯拐角处或街道拐弯处,身前身后的一切便立刻恍惚、迟疑,不由自主努力地回想……这里发生过什么事呢?我忘记了什么最最重要的约定呢?

能记起的事情,都是晚一些时候才发生的事情。那时我抱着厚厚的一叠布料,或是疲惫地空垂着手,在楼梯拐角处走过,并强烈渴望能在楼梯拐角处躺下来,头枕在第四级台阶,身子俯在第三第二级,腿搁在第一级,然后垂下整个身体,轻轻停在楼梯拐角处的水泥地上……强烈地渴望,为此甚至流出了眼泪——那时多瞌睡啊!那时一连工作了二十个小时,或是三十个,最长的一次连续工作了五十个小时……我发现,瞌睡的人瞌睡到最后,不是变得更瞌睡了,而是变"晕"了,就像喝醉了酒似的晕。世界的轮廓在眼中呈轻微扭曲,脚步所到之处微微动荡。

那时已经分不清浅蓝色和浅紫色的区别了。

那时,一根缝衣针捏在手里,线却无处可去,针眼的的确确消失了。

那时，最后一道工序是钉扣子。钉到后来，发现一件件衣服上只有针脚，没有扣子——只把针线穿过布面，再穿回布面，在反面打上结儿……忘了缀上扣子……

瞌睡真的是极其奇妙的境地，那是迟钝、混浊的状态，实际上又是更为强烈清晰的渴望状态。

就是在那样的状态下，我抱着一叠布料，或者空垂双手，从楼梯拐角处做梦一样地经过，渴望就此躺下——在那时，那真的只是一个小小的愿望而已。真的只渴望睡一小会儿……但是，手上还有厚厚一叠布料，往下还要煎熬过更多的时间使它们成为衣服，一件一件送它们涌入人世间……经过楼梯拐角处，往楼梯间的小窗外看了一眼，全城灯火黯淡，夜很深了。而对一个流水线工人来说，今夜刚刚开始……

我一生有过的所有宏大的、强烈的愿望，和在楼梯拐角处稍躺一会儿这个小小的要求比起来，都是那么脆弱、可笑，一触即坍塌毁亡……我真想在那时，在那几级楼梯上躺一会儿啊。多少次，想得眼泪涟涟……那个时刻的自己，是今后无论再强大、再勇敢的自己都无法安慰的。今后的自己无论再强大，再勇敢，又有什么用呢？暗暗前来的还有很多，排队等在下一个楼梯拐弯处或街道拐弯处，一个也不会错过……

我想，有一天我死了，就会是这个姿势吧！躺在楼梯拐角处，头枕在第四级台阶，身子俯在第三第二级，腿搁在第一级，然后垂下整个身体，轻轻停在楼梯拐角处的预制板上。

2005 年

深夜来的人

1

冬天的夜里,阿克哈拉总是那么寂静,那么寒冷。总是没有月亮,星空晶莹清脆。而我们的泥土房屋却是暖和的,柔软的。杂货店里的商品静静停止在货架上,与过去很久很久以前的某种情形一样。而我们像睡着了似的安静地围着火炉干活,手指轻松灵活,嘴里哼着过去年代的歌。这时,两个人推门进来了,携一身白茫茫的寒气。他们径直朝我走来,他们的眼睛宝石一般熠熠生辉。

阿克哈拉的冬天无边无际,我们的泥土房屋在冬天最深处蜷伏着。在这房屋之外,荒原呀,沙漠呀,大地起伏之处那些狭窄水域和黑暗的灌木丛,远在天边的牛羊……它们在黑夜里全都睁大了眼睛看过来。但是，四面墙壁和屋顶把我们捂在手心，把我们藏匿了起来。我们围着火炉，安静地做着一些事情。再也不会有敲门声响起了。

我们的房子孤独地停在大地深处，烟囱在夜色里冒着雪白的烟，灯光像早已熄灭了一般寂静地亮着。

我是裁缝，我手持一块布料，一针一线缝制衣服。不久后，在一个明亮的白天里，将有人穿着这件崭新的衣服，醒目地走在荒原上，像是走向爱情。

在阿克哈拉，那些冬天的深夜里来的人，全都是寂寞的人吗？全都是有秘密的人吗？全是刚刚经历过无比艰难、漫长又黑暗的旅途的人吗？他们带来了巨大的寒冷，他们一走进房子，炉火就黯淡了一下。

他们其中一人笔直地走向火煤，熟练地取下挂在墙上的炉钩，钩开炉圈，往炉膛添进一块煤。像是回到了自己多年前的家中。

然后他们走到房子中央，解开扣子，敞开寒冷的外套。里面的衣物重重叠叠，厚重深暗。他们又从头上取下冰凉沉重的狐狸皮缎帽放在柜台上。两个帽子并排着紧紧地靠在一起，他们俩也并排靠在柜台上，安静地看着我安静地干活。我示意他们靠着炉子就坐，那里暖和。他们连忙拒绝并表示感激。然后又是更为长久的沉默……这沉默并不只是声响上的停止,更是寒冷的停止,疲惫的停止,悲伤的停止。这沉默是如此饱满,如此平衡。

更晚一些的时候他们沉默着点了一瓶酒,一边喝,一边以沉默一般的口吻彼此间轻声交谈。酒瓶见底了。其中一人付了钱,继续坐在那里沉默地看着我沉默着干活。酒的气息在低处轻漾,高处是安静。灯光也在高处,低处是一些恍惚。这恍惚缭绕着人的脚步。我在房间里轻轻地来回走动。

我是裁缝,此刻在做的却是一件自己的衣服。我反复比量,把布料裹在身上,手持一面巴掌大的小镜子,照了又照。夜里来的人伸出手来替我拿着镜子。我后退几步,在镜子里看到另一人在我身后,望着我笑。

我在做一件自己的衣服,总有一天,我也会穿着这衣服站在明亮的蓝天下的。炉火呼呼作响,炉边墙壁上贴着的白纸在热气中轻轻掀动,我遥远的想法也在热气中轻轻掀动。抖开布料,铺展在裁衣板上。带动的风使房间里隐隐明亮了一下。

深夜来的人,是梦中来的人吗?他们的神情安然,愿意与我们就这样永远生活下去似的。我踮起脚,凑近房间正中悬挂的灯泡,将一根线准确地穿过一个针孔。长长地牵过线头,咬断,挽结儿。

那人把外套脱下来递给我,害羞地将撕坏的地方指给我看。

这时停电了。

有人在暗中摸索火柴。等待光明的时间无比漫长。我手心捏着针,全世界就只剩下了我手中的这根针。但是火柴被擦亮,全世界只剩那团乍起的焰火。一截光滑的蜡烛从暗处伸过来,通体洁白安静,像亲吻一般缓缓接近那团焰火。

我突然飞翔……

蜡烛点燃后,我突然消失。

他们手持蜡烛找了很久,最后只在房间里找到了一根针。

2

还有一些夜里从不曾停过电,我从不曾离开过你们。我的灯整夜亮着,在荒野中等待。河在黑夜中的不远处,或是很远很远的地方静静奔流——实际上它是在"哗啦啦"地大声奔流。但那"哗啦啦"的声音是向着更远的地方去的,河却永远停在那里,永远划着一个弯——像是停在那一处永远地回头张望……这时,月亮升起来了,与世上的一切都无关地升起来了。

我能感觉到河面波光微闪。我侧过脸,感觉到河水冰凉。又心里一动,感觉到在河湾暗处,在岸边被水流不断冲刷着的一块大树根下,一只河狸静静地浮出水面,在激流中仰着头,与世界上的一切都无关地仰望着月亮……

我在这边,有些困倦。炉火很旺,不时拨动着炉火的那个男人,他的脸被烤得通红而激动。我面对他咬断线头,收起针线,抖开新衣。人已半入梦中。但是一回头,又看到河狸在流水中静静沉没。房间里空气恍惚,那人神情异样。

那人接着说:河狸两个小时就能咬断一棵直径四十厘米的大树……

后来我真的睡着了。我在梦中回答他说:河狸真厉害呀,大家都很佩服它,两个小时就能咬断一棵直径四十厘米的大树……但是有没有人想过呢?在那些耐心地啃咬树木的过程里,河狸多么寂寞……

我醒过来后,对他说:当河狸在深处的、近处的那些地方,眼睛看着青草,河水在身体表层流过……它啃呀,啃呀,眼前的青草开花了。它啃呀啃呀,下雨了,一滴饱满的水珠精巧地悬挂在青草叶梢上。雨停了,可那滴水珠还没有落下。那是在河边青草丛的深处,四面安静又清洁。绿在最最迫近的地方呈现透明的质地。河狸浮在哗啦啦的河水里,一下接一下啃咬着树木。真安静。树木倒下的时候,那滴水珠终于也落了下来。在最最迫近的地方,那滴水珠落地的声音,比大树倒地的声音还要响亮些……我说的是白天。窗外夜的黑听到了,便更逼近了房屋一些。我说完接着睡去。但是一直没有人关灯。

在更远更远的地方，河流进湖泊，瞬间宁静……芦苇荡漾，一枚小小的鸟蛋温和地深藏在我们永远找不到的一蓬草丛中。

深夜来的人替我掖了掖被子，我闭着眼睛扭过脸去。长夜永不会逝去吗？后来，深夜来的人在我旁边躺倒。我暗自记下了他的模样，扭过脸去又轻易地睡去。

3

仍然在阿克哈拉，仍然是一场深夜。有人在往这边赶来的漫长途中，几次想要放弃。他的故事是：一场暴风雪使他失去了他的羊群。不过那是多年前的事了。

我等了又等，后来走出门去，看到他在门前的夜色中静静站立。他终于开口，他说："请带我离开……"他是一个盲人。我便带他回家，为他端出饭菜。从此照顾着他的生活，永远和他在一起。阿克哈拉打开了一个缺口，又叹息着合上了。

至于另一个深夜来的人，他带来的消息使我们失声痛哭！我们一边哭，一边收拾行李上路。连夜兼程，一路无星无月。

而带来噩耗的那个人却仍留在我们空荡荡的家中，静静站在房间正中央，像是还在等待我们的回答，又像是决心从此替我们看守这个家。他站了很久，终于坐了下来。但是又起身，走到炉子边，把炉膛里的积灰捅了捅，填进一块黑黑的煤，黑得像是从屋外的夜色里直接掰下来的一块。他眼泪流了下来。

而我们还在远方，在远未曾抵达的途中。此去再也不回来了吧？此去再也不回来了吧？椅子落满灰尘吧，窗台上的花枯萎吧。深夜来的人是世界上的最后一人，他将最后一个死去吧？他一件一件回忆着往事，坐在温暖的炉火边，等待我们从悲哀中沿来路返回……车颠簸在荒原上。在他带来的噩耗之中，旅途中的我们终于睡着了。

4

深夜来的人，多年后娶我为妻。记得多年前他掀开厚重的棉门帘，第一次走进我的房间，笔直地向我走来。他对我说："你叫什么名字？"使我惊慌不已。我为他量体裁衣，俯在缝纫机上把一块块布合在一起。我烧起烙铁熨烫，水汽蒸腾。衣服的形状里有他的形体，我穿着这宽大的衣服走在白天的荒原上，迎面遇到他骑马过来……顿时无处藏身。白昼怎能如此明亮！

多年后他娶我为妻。我们衣衫破旧，容颜不变，仿佛一切天生如此。他这才说出当年的情景——那一夜，他走过漆黑漫长的荒野小道，向遥远的一盏灯火摸去。那荒野深处的泥土房屋，是诞生于漫长的等待之中的事物——为了使这等待更为持久、更为坚强一些，等待的那个人便在身体四周竖起墙壁，盖起了房子……他推开门，掀开沉重的棉门帘走进去，一眼看到灯光下的姑娘站在那里，已等候多时。他忍不住问她的名字，而她回答的那两个字早已为他熟知……

5

我也曾在深夜去找过你，怀揣为你做好的新衣。可是你不在家，你刚离去不久，炉火未熄。桌上的纸条雪白，还不曾来得及写下些什么。我走到你的床边，掀开被子躺倒，准备进入更为漫长的等待。这时，有人敲门。我犹豫着要不要起身去开门……后来却在敲门声中渐渐睡着了。这是在阿克哈拉，这仍然是在阿克哈拉。这是在荒野中。在后来被你渐渐想起来的一些夜里。

2004 年

小 学 坡

我过去在小学坡上小学。小学坐落在县城公园旁一座小山坡的坡顶上,所以那坡就叫"小学坡",那学校也被叫作"小学坡小学"。有一百多级青石台阶通向坡顶。我七岁,我外婆带我去小学坡报到,读学前班。我爬坡爬了一半,就实在爬不动了,我外婆就把我背了上去。

那时我七岁,我外婆七十五岁。我刚从新疆回到内地,水土不服,浑身长满毒疮,脸上更是疮叠疮、疤连疤,血肉模糊。吃一口饭都扯得两颊生痛。所以话就更少说了。但是我不哭。我从小就不哭。我母亲说我只在刚生下来时,被医生倒提着,拍打了两下屁股,才"哇"地哭了两声。从此之后就再也没哭过了。生病了、肚子饿了、摔跤了,最多只是"哼哼"地呻吟两下。甚至三岁那年出了车祸,腿给碾断了,都没有实实在在地哭出来一声。我母亲说我小时候实在是一个温柔安静的好孩子。可是后来我就开始哭了。发生了什么事情呢?我这一哭便惊天动地。我歇斯底里,我边哭边耍泼,我满地打滚,不吃饭,不上床睡觉,神经质,撕咬每一个来拉劝的人,狂妄,心里眼里全是恨意。发生了什么事情?我看到了什么?什么刺激到了我?什么让我如此无望?

我在小学坡上学。那是十多年前的事情了。但是今天晚上吃饭时,外婆突然问我:"你记不记得你小时候在小学坡上学的事情?"

"记得。"

"那你记不记得你说了一句什么话?"

"什么话?"

她就复述了出来。

令我瞬间跌落进广阔无边的童年之中……在那里四处寻找……但是没有那句话……

那句话已被我刻意忘记了,没想到却去到了我外婆那里。她悄悄替我记住,替我深深珍藏心底。她九十二岁,我二十四岁。

"你给我说了那句话后,我就天天到小学坡接你回家,坐在坡下堰塘边上的亭子里,等你放学……"

然后她做梦一样唤着我小名:"幺幺,幺幺……我的幺妹仔哟……"

我在小学坡上学。莫非正是我在对外婆说过那样的一句话后,才开始哭的?才开始了我一生的哭,我一生的无所适从,我一生的愧意和恨意……我曾说过那样一句话,我曾恶毒地,以小孩子的嘴,故作天真地说出。那样的一句话,我再也不想重复第二遍了!我外婆九十二岁,她快要死了,她死之后,就再也没有人知道了!我怀着死一般强烈的愧疚与悲伤,讲述这些过去的事情,一重又一重地埋葬那一句话。并借此埋葬我曾经种种的无知与轻慢。并开始报复。

我在小学坡上学。每天踩一百多级台阶,背着书包,走进校园。我的书包很难看,打满了补丁。在那个时候,我已经知道很多事情的区别了——男和女,美和丑,好和坏。我七岁,已经有了羞耻之心。我背着这书包去上学,开始知道自己与其他同学的区别。我七岁,在学前班里年龄最大。我还在我妈妈身边的时候,她一直不肯让我上学的,因为我早上总是睡懒觉。我妈可怜我,看我睡那么香,不忍心叫我起床。于是我上学总是迟到,总是被老师体罚。有一次,我妈路过学校，顺道去看我，刚好碰到我正在被罚站。那时全班同学都坐着，就我一个人孤零零站在教室最后面的角落里，背对着大家，鼻子紧贴着墙壁。于是她和老师大吵一架，坚决把我领回了家。她自己买了课本教我识字。那时她是农场职工，白天下地干活，晚上回来陪我玩积木，读童话。那样的日子没有边际。我总是一个人在戈壁滩上安静地玩耍，远处是一排一排的白杨林带，再远处是无边的土地。高大的大马力拖拉机呼啸而来，呼啸而去。我母亲就在那里。

我在小学坡上学。我开始酝酿一句话，并找了个机会故作天真地说出它，令我外婆对我愧疚不已。每天快放学的时候，她便到小学坡下堰塘边的亭子里等我，接我回家。堰塘盖满了荷花。一座弯弯曲曲的卧波桥横贯堰塘一角，中间修着紧贴着水面的石台，石台一侧就是那个亭子。我外婆就坐在里面，往小学坡这边张望。亭子里总是有很多人，全都是老人。说书的、唱段子的、摆龙门阵的。我外婆也是老人，但她和他们不一样。一看就知道不一样。她是拾破烂的。她手上永远拎着一两张顺手从垃圾箱里拾来的纸壳板、一只空酒瓶、一卷废铁丝或一根柴禾。她衣着破旧，但笑容坦然而喜悦。她看到我了。她向我招手。她站了起来。

我在小学坡上学。我发现除了我以外,世界上所有的人都知道这个世界到底是怎么一回事。我被抛弃了。只有我的外婆天天坐在坡底的亭子里等我回家,风雨无阻,从不改变。她一手抓着一张纸壳板,另一手握着一个空酒瓶。我们一起往家走。路过南门外的城隍庙,称二两肉;路过"衙门口"那一排大垃圾桶时,逐个看一看,扒一扒。我和她紧挨着,也趴在桶沿上往里看,不时地指点:"那里,那里……这边还有个瓶盖盖……"我外婆是拾垃圾的,我们以此为生。我是一个在垃圾堆上长大的孩子。我们家里也堆满了垃圾。我外婆把它们拾回来,我就帮忙将它们进行分类。铁丝放在哪里,碎玻璃放在哪里,烂布头放在哪里,废纸放在哪里,我熟门熟路。我的双手又麻利又欢快。我知道这些都是有用的东西,这些东西可以换钱。这些东西几乎堆满了我们的房间。我们家在一个狭小拥挤的天井里,是上百年的木结构房屋,又暗又潮,一共不到八个平方。挤着没完没了的垃圾、一只炉子、五十个煤球、一只泡菜坛子、一张固定的床,还有一张白天收起晚上才支开的床。生活着我、我外婆和我外婆的母亲——我外婆的母亲一百多岁了。而我七岁。我外婆的母亲是我生命中第一个无法理解的人,第一个亏负的人。后来她的死与我有关。

我在小学坡上学。更多的事情我不想再说了。我每写出一个字，都是在笔直地面对自己的残忍。那些过去的事情，那些已经无法改变的事情，被我远远甩掉后，却纷纷堆积到我的未来。绕不过去。怎么也绕不过去。我在小学坡上学，坡下堰塘边的卧波桥上那个亭子，也绕不过去。我放学了，我和同学们走下长长的台阶。后来我离开身边的同学，向那亭子走去。我外婆一手握着一个空酒瓶，另一只手拿的却是一个新鲜的红糖馅的白面锅盔！她几乎是很骄傲地向我高高晃动那只拿着面饼的手。更多的事情我不想再说了。

但是，我还是在小学坡上学。春天校园里繁花盛开。操场边有一株开满粉色花朵的树木，细密的花朵累累堆满枝头。我折了一枝，花就立刻抖落了，手上只握了一枝空空的树枝。后来被老师发现了，他们把我带进一个我从没去过的房间，像对待一个真正的贼一样对待我。我七岁。我不是贼。我长得不好看，满脸都是疮，但那不是我的错。我在班上年龄最大，学习最差，那也不是我的错……我们家是拾垃圾的，专门捡别人不要的东西——那仍然不是什么过错呀！在别人看来，那些垃圾都是"肮脏"，可在我看来，它们是"可以忍受的肮脏"……我没有做错什么，同时，我也实在不知何为"错"。我真的不知道花不能摘，不是假装不知道的。所有人都知道花不能摘，就我不知道，这就是"错"吗？……我紧紧捏着那枝空树枝。我被抛弃了。

我还是在小学坡上学。每天放学回家，就帮外婆分类垃圾。那是我最大的乐趣。那些垃圾，那些别人已经不要了的东西，现在全是我们的了。我们可以用它们换钱，也随意使用它们。纸箱子上拆下来的金色扣钉，拧成环就成了闪闪发光的戒指；各种各样的纸盒子，可以用来装各种各样的好东西；白色的泡沫板，削一削可以做成船，插满桅杆，挂上旗子，然后放进河里目送它远远游走；写过字的纸张却有着洁净的背面，可以描画最美丽的画历上的仙女；最好的东西就是那些漂亮的空瓶子，晶莹透亮，大大小小都可以用来过家家……很多年以后，我才知道自己做了些什么：我在人类制造的废弃物堆积的海洋中长大，隐秘地进行着微不足道的改变。只有我知道，人制造垃圾的行为，是多么可怕……

是的，我在小学坡上学。那个坡又是什么堆积而成的呢？我每天走下一百多级台阶，走向堰塘边的亭子。我外婆站在阳光中对我笑。她的围裙鼓鼓地兜在胸前。我走近了一看，又兜着一堆废铜烂铁。我在里面翻找，找出来一大串钥匙。我很高兴，就把这串钥匙用绳子穿了挂在胸前。但是同学们都笑话我，虽然他们胸前也都挂着钥匙。我终于明白了——我这串钥匙实在太多了，大大小小、长长短短，共二三十把呢。谁家也没有那么多可开的门啊，况且我家的门也从来不用上锁。我家还不到八个平方，我一百多岁的老外婆整天坐在家里，坐在一堆垃圾中间守着家。这个家里也实在没有什么害怕失去的贵重物品。就算上锁的话，我家的门也什么都关不住的。那门是旧时的样式，两扇对开，近两米高，又厚又沉。没有合页，上下两端都插在木制门臼里。用了一百多年，门臼浅了，轻轻一抬，门就可以被拿掉。门上破了一块两个巴掌宽的门板，可以轻松地钻进去一个小孩子。我的同学来我家玩，她们谁都没见过这样的门。很新奇，很高兴，大家站在我家高高的门槛上叽叽喳喳闹了好久，从门板破裂处不时地钻进钻出。我看到她们这样高兴，自己也很高兴。但是后来，她们的家长一个一个地找来了，又打又骂地把她们带走。从此她们就再也不来了。

我在小学坡上学。我的学习不好。老师老打我，还掐我的眼皮。因为做眼保健操时，规定得闭上眼睛，我却没有闭。全班同学都闭上了就我没闭。老师就走过来掐了我。我眼睛流血了。可是不敢让外婆知道，只是对她说摔了一跤。因为当时全班同学都闭上了眼睛就我没闭，那是我的错。我似乎有点明白对和错的区别了。这种区别，让我曾经知道的那些都不再靠近我了……它们对我关闭了。我只好沿着世界的另外一条路前进。我在小学坡上学，在学校不停地学习。我学到的新知识越来越多，我的羞耻之心模糊了。却变得更加介意打满补丁的书包和脸上的疮疤。我开始进入混乱之中。我放学回家，第一次，我的外婆没有在亭子里迎接我。我的眼睛不再流血了，但眨眼睛时还是会痛。我一边哭一边独自回家。路过路边的垃圾桶时，还是习惯性地趴在上面往里看，流着泪，看里面有没有有用的东西。

我在小学坡上学。我脖子上挂着二十多把钥匙。这些钥匙再也没有用了，它们被废弃了，它们能够开启的那些门也被废弃了。它们都是垃圾，是多余的东西，再也不为人所需了。可是，它们一把一把的，分明还是那么新，那么明亮，一把一把沉甸甸的，有着实实在在的分量，有着精确的齿距和凹槽……却再也没有用了！当初生产它们时所花费的那些心思呀、力气呀，全都无意义了！花费了许多的心思和力气，最终却生产出了垃圾。还成批地生产，大规模地生产……这不是生产，这是消磨，是无度索取……我们被放弃了。放学了，我们一群一群地从校园里新新鲜鲜地涌出来，也像是刚刚被生产出来似的。我们沿着一百多级台阶欢乐地跑下来。

我们还有意义吗?

　　我在小学坡上学……我说得太多了。我哭得太多了。但是我生命的最初是不哭的,我的灵魂曾经是平和而喜悦的,我曾是温柔的……你们伤害我吧!……然而今夜,我外婆对我提起往事,揭开我密封的童年。才恍然惊觉自己隐瞒的力量有多么巨大。让我终于正视:外婆九十二岁了,我二十四岁了。我们都在进行结束。外婆携着一句话死去,我携着一句话沉浮人世。好吧,我再也不说了。我说得有些太早了。今后还有更为漫长的岁月,我又该怎样生活?只记得很久以前,当我还在小学坡上学的时候,有一天我初识悲哀……那天我回到家中,一边哭,一边分类垃圾。后来渐渐睡着了。那时候我还没有想到命运的事情。

2004 年

冰天雪地中的电话亭

1

我在冰天雪地中的电话亭里,忘记了你的电话号码。我努力回想,失声痛哭。这时,电话铃声响了起来。

2

我深深依赖这个冰雪覆盖的小小县城。我在这里生活,穿过巷子去打酱油,或到街道拐弯处补鞋子。总会有一双手捧着我,怕我会冷似的,紧紧捂着。还有一只眼睛,凑在手指的缝隙处看我。我便被看着睡去,被看着醒来。有时我仰面与那眼睛对视,它就忽地让开,只留下一个空空的月亮在那里，使我惊觉自己正身处月光下的雪地……

月光下的雪地中央，空空地立着电话亭。每当我穿过纵横交错的巷子和街道，一步一步向它走去，胸中便忍不住因喜悦而满涨哭泣——这是一个多么遥远的小小县城，而世界如此巨大——

这支电话

是怎样

在这复杂拥挤的人间

准确地

通向你……

我在电话这头，拿起话筒，去拨号码。然后又缩回手，挂回话筒，满意离去。

我为拥有这样一串电话号码而心满意足地落泪。又抬起头仰望高远通彻的蓝色天空，想到：如果我心中没有爱情，这个世界是否仍然这样美丽？

3

一次又一次，我在冰天雪地中的电话亭里给你打电话，一次又一次听着无人接听的"嘟——嘟——"声而悲伤离去。更多的时候，是你挂断电话后的忙音。我握着话筒，尚未来得及说出最后一句。

我扭头看向四处，冰河断开世界，玉树斜过碧空。我和我的电话亭，不知何时，已被置身世外。

我总是和你在电话里聊着遥远而温暖的话题，可事实上我瑟瑟发抖，脚踝已经僵硬了。我偏着头用右腮夹着话筒，搓着手，不停转身来回跺脚。后来我在冰雪上滑倒，重重摔在地上，半天不能起来。我撑起身子，抚摸伤口。话筒垂吊一旁，晃来晃去，你平静、随意的讲述仍在进行。

这时，你已经提到了爱情。

4

我在大雪纷扬中的电话亭里给你打电话，手里捏着字条，上面记满了我准备好要对你说的话。你在那边微笑着听。

我念着念着，却想起了另外的事情，便停了下来。你说："怎么了？接着说呀。"于是我又接着念下去。

我的声音喜悦，眼睛却流着泪。我真正想说的那句，静默在旁边，于漫天大雪中绝望地听，一句一句飘落，又一层一层被大雪掩盖。最后我只好说"再见"。你也说"再见"。我快倒下了，我以为我一挂上电话就会立刻死去。我挂了电话，但没有死去。感觉身体通彻寂静。雪停了。

雪停了，天黑了，路灯亮了。当我挂上电话的一刹那，就把整个世界挂掉了。周围一个人也没有。我深一脚浅一脚独自回家。

我回到家，掏出钥匙瑟瑟缩缩插进锁孔，然而挂锁被冻上了，钥匙怎么拧也拧不动。我划了五六根火柴才把锁烤热、拧开。

我开了锁去拉门，门也被冻上了。我拉了两下，再拉两下。

我摸到隔壁家的煤房里找到一把铁锹，一下一下，用力剁砍门缝处的积冰。

后来终于开了门进去。房间一片冰凉，炉火早熄透了。我想喝水，去拿碗，碗底残水将一整摞碗全冻在了一起，掰都掰不开。碗柜里的醋啊洗洁净啊全都冻得硬邦邦的。我去拧自来水，自来水也冻上了。水龙头旁的一盆水冻得结结实实，那是我临出门时剩在盆里的洗头水。而洗过的头发到了现在仍没有化开，像无数根小棍子硬邦邦地拖挂在头皮上，一晃，就互相碰得喀喀脆响，仿佛折一下就会断一绺。我的脚踢着一个东西，拾起来，是一盒润肤霜。拧开盖子，用指甲抠了抠，只抠出一些冰碴。

我站在空荡冰凉的房屋中央。

——你看！我一挂上电话，世界就成了这样……

5

我捏着字条去给你打电话。有一次电话接通了,却怎么也找不到字条。我结结巴巴地回答你的话,然后沉默,然后说"再见"。我手足无措地挂了电话,翻遍口袋,真的找不到了!我到底想给你说些什么呢?我失魂落魄往回走,一步一回头。

有一天,当我决定永远离开这个小城的时候,在街头,终于找到了那张遗失多年的纸条。我拾起它,看到它被反复踩踏,破损不堪。我犹豫着要不要把多年前那个电话补上。最终决定放弃的时候,却又忍不住落泪。我抚平它,读它,第一句是:"总有一天……"还有一句是:"请不要离去……"

6

我冰天雪地中的电话亭啊!每当我走出家门,向它走去,它隔着几条巷子,几道街,都在一步一步后退。而我跑了起来,它又似乎要坍塌,摇摇欲坠。它空空敞在那里,我一进去,它就绝望地拥抱住我。它深深记着我在它这里说过的全部话语——这些年来,它正是用着同样的话语来呼唤我,每当我在黑暗中向深渊靠近……它看着我手握话筒,欢欢喜喜地讲述美好的事情,它便携这天地间的一切,为我的纯洁落泪!而多年后当我堕落了,当我心灵黑暗、目光仇恨,它仍在这世上为我保留了一处无辜的角落,等着电话铃声响起,等着我回来,等我拿起话筒,等我亲口承认——世上确有爱情!

多年后我死去,只有它能证明曾发生在这里的一切都不是梦境。在它的某个角落里,仍刻着一串过去的号码……

7

电话铃声响了起来,我从梦中惊醒,猛地从床上坐起。我披上衣服趿上鞋子推门出去。我跑过两条洁白漫长的街道,远远看到电话亭仍等在那里。我气喘吁吁,我跑进去——

被摘下来的话筒垂吊着,还在轻轻晃动。

是谁比我,抢先一步?

8

你永远都不知道!我是如何深深依恋这个冰雪覆盖的小城……你永远不知这个小城是怎样苦苦地忍受着我的电话

亭，忍受我说过的每一句话。整个小城，置这电话亭于自己的掌心，将它高高呈向繁华星空……我在这电话亭里给你打电话，四面八方，全是深渊；语言之外，全是深渊。我一句一句地说着，低头看到那些说出的话一句一句在身边坠落，永远消失。

我又忘了带字条——可是已经不需要了！

你问我："那边是不是下雪了？"

我说："是。"一边说，一边把一些东西撕碎，撒得满天都是。

你说："再见。"我也说："再见。"可一切才刚刚开始呀……

我挂上电话，转过身来，星空喧哗、汹涌，席卷了整面夜空。我伸一只手过去，就有另一只手拽我跌向深处，毫不迟疑……我说过，一切刚刚开始！

我开始了，我的第一句，仍要从我冰天雪地中的电话亭中开始。此时谁若立刻结束，谁就会立刻死去。而我，到了今天，仍有勇气，仍有无穷爱意。似乎要通体燃烧起来，又似乎一躺下身子就会奔淌成河；好像全世界的白天，就是我的抬起头来，全世界的黑夜，就是我的转过身去——教我如何相信，这样的命运，也会终止？

我开始了，只是为什么，一开始就只剩下了我一个人呢？我给你打电话，雪花漫天飞舞，整个世界充满了大风和呼唤。整个世界都在阻止我给你打电话。我给你打电话，又似乎是在森林深处给你打电话。电话亭之外，全是迷途。我手持话筒，哭了又哭，泪眼朦胧看着外面的浩茫世界。我忘记你的电话号码了，我努力回想……真的只剩我一人了……

9

你挂掉电话后，我仍在听。你挂掉电话一百年后，我仍在听。你有事找我，只是这一百年来你无论如何也打不通这个号码。你终于确信我死去了。而那时，我的那场巨大的开始，刚刚才有一点点希望。我手持话筒，有人在外面敲打电话亭的玻璃门。我扭头看，我流下泪来，我以为是你。

2002 年

牛 羊 走 在

尘 土 荡 起 的 暮 归 途 中

漫 长 的 黄 昏

连绵远山

通 体 静 呈 奇 异 而 强 烈 的 暗 红

我 们 还 在 远 方

远 未 曾 抵 达

以　歌　为　分　界　线
让　我　们　生　活　得

更　平　静　一　些　吧
更　安　稳　一　些　吧

附 录

二〇一五版自序

前段时间和朋友聊天,谈到创作的瓶颈问题,似乎这是每个作家的必经之途。好比童年必然无忧无虑,婚姻必有磨合,开车必被刮擦。她认为我必将面临同样困境。她说每个作家的创作生命有限,嘱我保持紧张和警惕。

创作生命有限。那么,我有限的创作生命是从什么时候开始的呢?回想一番,自己似乎在二〇〇三年开始正式写作。但是再往前,我的第一部书稿在二〇〇〇年的冬天就已经完成。再往前,我一九九八年投稿并得到发表。再往前,初中二年级,加入学校的文学社,文字第一次被印在社刊上面。再往前,小学二年级,我人生中的第一节作文课上,记述了当天的一场雪,被老师当堂朗读。再往前,小学一年级,学会拼音和有限的几十个字后,我开始给远在新疆的妈妈写信。

再再往前,我三岁,却还不会说话,令妈妈焦虑不已。但是有一天她回到家,看到我蹲在院子里手持树枝在泥地上认真地描画出一个个小人。有胳膊有腿有脑袋有头发,只是头发不会处理,只好统统笔直向上……从来没人教过我画画,家里也没有任何类似的图画可供临摹。一直到现在我妈都无法理解我当时是怎么画出来的。然而算起来,那恐怕仍不是我最初的创作。

生命的源头不可溯及,写作的源头也隐密无尽。写到今天,我已经不能想象没有写作的人生会是怎样。也不能想象"写作瓶颈"这种状态有一天会降临,"创作生命"会结束。但是我想,写作这种事,又不是挤牙膏,有多少就挤多少。写作不应是对作者感情与记忆的渐渐掏空。至少对我来说,我从不曾被写作磨损,也从不愿勒索一般强行书写。

至少对我来说,写作至今仍是妙不可言的滋生与依傍。对我来说,写作的过程是种子长成大树的过程,而不是砍倒大树打制家具的过程。对我来说,写作自有生命。我曾经拉扯着它们缓慢前行,后来,又努力追逐着它们奔跑。不知将来去到哪里,也无力顾及太多。只管写就是了,以建设一整个王国的野心与建设不了就算了的坦然。

也许此后真的会遇到写作上的各种困境,瓶颈啦健康啦之类。但那不是一个写作者应该顾虑和刻意防备的。写就是了。况且童年也会有悲愁，婚姻也有自始至终美满的个例。我认识一个司机师傅，三四十年从没刮过一次车。人们总喜欢总结出诸多规律，并将现实纳入这些规律以获取解释。但文学永远是一场场意外。写就是了。

再回过头来说这本书。我的文字基本上都只与个人有关，但这一本最为私人，也额外偏爱。然而之前出版匆促，发行了两个版本仍然留有许多遗憾。趁着这次更换出版单位，在编辑帮助下修改了许多错漏之处。并将这些文字重做调整，令内容上无重复，风格上更统一。新加的大吴的插画更为这个版本增添了额外的意味与光彩。

我想，比起自己的"创作生命"，眼下这些文字的生命可能会更长久一些吧？十年来它们越走越远，被越来越多的人们认领而去。还有一些网友朗诵了它们，制作成音频发来。实在觉得大家念出来的比我写的要好多了。又想起十多年前，自己面对电脑，敲打键盘时某个激动的瞬间。那时也有朗诵声孤独地响彻胸腔……仿佛撒下的种子长成了森林。又仿佛之前走了多年夜路，走到此时，一切照旧，却已星光大作。

谢谢你们循踪而来，一同歌唱。

2015年6月

二〇一三版自序

这本书出版两年来,为我收获了两种截然不同的评价,一种是热烈的赞美,一种是严厉的批评。对此,我羞于感谢,也不能辩护。然而对于今天的再版,还是觉得有话要说。

这本书中的文字与我的"阿勒泰"系列文字(《阿勒泰的角落》和《我的阿勒泰》)基本上写自同一时期,有些篇章甚至写得更早。但由于行文有异,又出版在后,引起许多读者惊呼"换风格"了。其实不是的,这些不同的文字只是我不同情感的不同出口而已。

有意思的是,几乎所有的读者都认为我的两本"阿勒泰"系列阅读起来很轻松,而这本书则非常沉重。可实际创作时,阿勒泰那些文字,我写得非常艰难,写这本书时则轻松许多。

让我不禁想到,写作是为了什么?是把包袱卸下来码在别人身上，还是替人承担？是自己解脱，还是助人解脱？而且，口口声声说着这些"承担"啊"解脱"啊之类的话，实际上我自己又有多大的力量，能做到什么样的地步呢？……感到无能，感到惭愧。

无论如何，已经写到了今天，已经在风浪颠簸的一叶小舟上努力站稳了。最重要的是，除了我的意愿，这些文字本身也有了自己的命运。这次再版，意味着它在这世上的道路还没有走完，意味着它还要面对更多的读者和更多的疑问。曾经它们紧跟我的笔端来到世上，将来可能是我追随着它们摸索向前。有些茫然，但并不灰心。毕竟我已经站稳。

总之，再版了。

与旧版相比，新版内容上虽然没有变化，但结构有了很大的调整。这一版以时间为顺序重新编排了篇幅，可令大家看到我这些年的行文变化和走向。同时，修改了一些错漏之处。令这一版本更加干净整齐，更令我心安。

还要反复解释的是，如旧版自序所说，这本书是自己多年来网络行为的产物，和我的其他大部分文字相比，它可能有些随意。但是，"随意"也对应着"真实"。当时的自己，的确被真实的某种情感所支配，真实地写下它们。当我感到黑暗，便走上前直接推开窗子，投入阳光或星光。——直到现在我仍然依赖这种最直接的释放。我享受这样的写作。并且一直相信,这些文字不会只是我一人的需要。在这世上一定还会有另外的人们能与之共鸣。

再次感谢所有宽容对我的人们。

2013 年 3 月

初 版 自 序

这本书里的文字是从二〇〇二年以来，自己贴在一些文学论坛里或博客里的文字中挑选出来的。虽然它们大都是在线的一时之作，但我珍爱它们。它们契合着这些年来每一个"此刻"的我的真实心意。

这些文字都与记忆有关，讲述"童年""成长""青春""改变"以及种种"瞬间"的事。事实上，我的记忆无依无靠——总是东奔西跑，为了跑得轻松一些，一边跑一边抛弃。至今孑然一身。我没有儿时穿过的一件旧衣服，没有旧照片，没有旧书，没有刻着名字的旧家具，没有生活多年的一间老屋，没有不曾拆迁的一条旧街道，甚至没有稍稍维持原貌的一个旧城市，没有几个旧熟人……似乎找不到证明记忆的任何证据。但是，我有这许多的文字，我有写这些文字的热切和耐心。我写出它们时，总是心怀种种沉重的渴求，总是不写绝不能释然。我不知道别人是怎么生活的，不知别人撬起生活的支点都暗藏何处。但对我，可能就是文字吧。我总是借助文字，在每一个"当时"打开道路，大步走出。又借用同样的文字，在每一个"后来"沿路返回，看清自己。

我凭一时之兴，把这些文字贴在网上，并得到了丰富的回应与帮助，这又是我的另一份收获。如果不这样的话，孤独的、随波逐流的写作也许会越走越偏狭、越走越黑暗。谢天谢地……我接触网络较晚，并且早在接触网络之前就已经出过一本小书，发表过一些文字。但我始终认为，自己真正的写作其实是从网络开始的。因为之后的体验更为开阔、坦诚。之前则低暗、无助。我深深地依赖这种即兴的写作，这种自然而舒适的渲发。虽然网络也带给了我许多烦恼，但它已经成为我无法彻底离开的一个广阔自由的沟通世界，一种习而惯之的涉世工具。我想，今后的自己还会有更丰富、更重要的文字在网络里诞生、累积。

总之，对我个人来说，这是很重要的一些文字，一本书。谢谢你读它。

2011 年 9 月

图书在版编目（CIP）数据

走夜路请放声歌唱 / 李娟著. -- 2 版. -- 北京：新星出版社, 2024. 11. （2025.6重印） -- ISBN 978-7-5133-5736-4

Ⅰ. I267

中国国家版本馆CIP数据核字第2024BR9087号

走夜路请放声歌唱

李娟 著

责任编辑	汪 欣		**特约编辑**	朱文曦　王心谨
营销编辑	杨美德　陈歆怡　李琼琼		**装帧设计**	韩 笑
内文制作	张 典		**责任印制**	李珊珊　史广宜

出 版 人	马汝军
出　　 版	新星出版社
	（北京市西城区车公庄大街丙 3 号楼 8001　100044）
发　　 行	新经典发行有限公司
	电话（010）68423599　　邮箱 editor@readinglife.com
网　　 址	www.newstarpress.com
法律顾问	北京市岳成律师事务所
印　　 刷	北京中科印刷有限公司
开　　 本	880mm×1230mm　1/32
印　　 张	8
字　　 数	140 千字
版　　 次	2024 年 11 月第 2 版　　2025 年 6 月第 3 次印刷
书　　 号	ISBN 978-7-5133-5736-4
定　　 价	59.00 元

版权专有，侵权必究。如有印装质量问题，请发邮件至 zhiliang@readinglife.com